CLASSIQUES JAUNES

Littératures francophones

Les Femmes savantes

T0153836

Molière

Les Femmes savantes

Édition critique par Charles Mazouer

PARIS
CLASSIQUES GARNIER
2023

Charles Mazouer, professeur honoraire à l'université de Bordeaux Montaigne, est spécialiste de l'ancien théâtre français. Outre l'édition de textes de théâtre des XVIe et XVIIe siècles, il a notamment publié *Molière et ses comédies-ballets*, les trois tomes du *Théâtre français de l'âge classique*, *Théâtre et christianisme. Études sur l'ancien théâtre français*, ainsi que deux volumes consacrés à *La Transcendance dans le théâtre français*.

Illustration de couverture : « Les femmes savantes » de Molière, dans le « Petit journal pour tous », Bertall (1820-1882). Copyright : Collection Jaquet

ISBN 978-2-406-14163-1
ISSN 2417-6400

ABRÉVIATIONS USUELLES

Acad.	*Dictionnaire de l'Académie (1694)*
C.A.I.E.F.	*Cahiers de l'Association Internationale des Études Françaises*
FUR.	*Dictionnaire universel* de Furetière (1690)
I. L.	*L'Information littéraire*
P.F.S.C.L.	*Papers on French Seventeenth-Century Literature*
R.H.L.F.	*Revue d'Histoire Littéraire de la France*
R.H.T.	*Revue d'Histoire du Théâtre*
RIC.	*Dictionnaire français* de Richelet (1680)
S.T.F.M.	Société des Textes Français Modernes
T.L.F.	Textes Littéraires Français

AVERTISSEMENT

L'ÉTABLISSEMENT DES TEXTES

Il ne reste aucun manuscrit de Molière.

Si l'on s'en tient au XVIIe siècle[1], comme il convient – Molière est mort en 1673 et la seule édition posthume qui puisse présenter un intérêt particulier est celle des *Œuvres* de 1682 –, il faut distinguer cette édition posthume des éditions originales séparées ou collectives des comédies de Molière.

Sauf cas très spéciaux, comme celui du *Dom Juan* et du *Malade imaginaire*, Molière a pris généralement des privilèges pour l'impression de ses comédies et s'est évidemment soucié de son texte, d'autant plus qu'il fut en butte aux mauvais procédés de pirates de l'édition qui tentèrent de faire paraître le texte des comédies avant lui et sans son aveu. C'est donc le texte de ces éditions originales qui fait autorité, Molière ne s'étant soucié ensuite ni des réimpressions des pièces séparées, ni des recueils factices constitués de pièces

---

1   Le manuel de base : Albert-Jean Guibert, *Bibliographie des œuvres de Molière publiées au* XVIIe *siècle*, 2 vols. en 1961 et deux *Suppléments* en 1965 et 1973 ; le CNRS a réimprimé le tout en 1977. Mais les travaux continuent sur les éditions, comme ceux d'Alain Riffaud, qui seront cités en leur lieu. Voir, parfaitement à jour, la notice du t. I de l'édition dirigée par Georges Forestier avec Claude Bourqui des *Œuvres complètes* de Molière, 2010, p. cxi-cxxv, qui entre dans les détails voulus.

déjà imprimées. Ayant refusé d'endosser la paternité des *Œuvres de M. Molière* parues en deux volumes en 1666, dont il estime que les libraires avaient obtenu le privilège par surprise, Molière avait l'intention, ou aurait eu l'intention de publier une édition complète revue et corrigée de son théâtre, pour laquelle il prit un privilège ; mais il ne réalisa pas ce travail et l'édition parue en 1674 (en six volumes ; un septième en 1675), qu'il n'a pu revoir et qui reprend des états anciens, n'a pas davantage de valeur.

En revanche, l'édition collective de 1682 présente davantage d'intérêt – même si, pas plus que l'édition de 1674, elle ne représente un travail et une volonté de Molière lui-même sur son texte[2]. On sait, indirectement, qu'elle a été préparée par le fidèle comédien de sa troupe La Grange, et un ami de Molière, Jean Vivot. Si, pour les pièces déjà publiées par Molière, le texte de 1682 ne montre guère de différences, cette édition nous fait déjà connaître le texte des sept pièces que Molière n'avait pas publiées de son vivant (*Dom Garcie de Navarre*, *L'Impromptu de Versailles*, *Dom Juan*, *Mélicerte*, *Les Amants magnifiques*, *La Comtesse d'Escarbagnas*, *Le Malade imaginaire*). Ces pièces, sauf exception, seraient autrement perdues. En outre, les huit volumes de cette édition entourent de guillemets les vers ou passages omis, nous dit-on, à la représentation, et proposent un certain nombre de didascalies censées représenter la tradition de jeu de la troupe de Molière. Quand on compare les deux états du texte, pour les pièces déjà publiées du vivant de Molière, on s'aperçoit que 1682 corrige (comme le prétend la Préface)… ou ajoute des fautes et propose des variantes

---

2   Voir Edric Caldicott, « Les stemmas et le privilège de l'édition des *Œuvres complètes* de Molière (1682) », [in] *Le Parnasse au théâtre…*, 2007, p. 277-295, qui montre que Molière n'a jamais entrepris ni contrôlé une édition complète de son œuvre, ni pour 1674 ni pour 1682.

(ponctuation, graphie, style, texte) passablement discutables. Bref, cette édition de 1682, malgré un certain intérêt, n'autorise pas un texte sur lequel on doute fort que Molière ait pu intervenir avant sa mort.

Voici la description de cette édition :

— Pour les tomes I à VI : LES / OEUVRES / DE / MONSIEUR / DE MOLIERE. Reveuës, corrigées & augmentées. / *Enrichies de Figures en Taille-douce.* / A PARIS, / Chez DENYS THIERRY, ruë saint Jacques, à / l'enseigne de la Ville de Paris. / CLAUDE BARBIN, au Palais, sur le second / Perron de la sainte Chapelle. / ET / Chez PIERRE TRABOUILLET, au Palais, dans la / Gallerie des Prisonniers, à l'image S. Hubert ; & à la / Fortune, proche le Greffe des Eaux & Forests. / M. DC. LXXXII. / *AVEC PRIVILEGE DV ROY.*

— Pour les tomes VII et VIII, seul le titre diffère : LES / OEUVRES / POSTHUMES / DE / MONSIEUR / DE MOLIERE. / Imprimées pour la première fois en 1682.

Je signale pour finir l'édition en 6 volumes des *Œuvres de Molière* (Paris, Pierre Prault pour la Compagnie des Libraires, 1734), qui se permet de distribuer les scènes autrement et même de modifier le texte, mais propose des jeux de scène plus précis dans ses didascalies ajoutées.

La conclusion s'impose et s'est imposée à toute la communauté des éditeurs de Molière. Quand Molière a pu éditer ses œuvres, il faut suivre le texte des éditions originales. Mais force est de suivre le texte de 1682 quand il est en fait le seul à nous faire connaître le texte des œuvres non éditées par Molière de son vivant. *Dom Juan* et *Le Malade imaginaire* posent des problèmes particuliers qui seront examinés en temps voulu.

Au texte des éditions originales, ou pourra adjoindre quelques didascalies ou quelques indications intéressantes de 1682, voire, exceptionnellement, de 1734, à titre de variantes – en n'oubliant jamais que l'auteur n'en est certainement pas Molière.

Selon les principes de la collection, la graphie sera modernisée. En particulier en ce qui concerne l'usage ancien de la majuscule pour les noms communs. La fréquentation assidue des éditions du XVIIe siècle montre vite que l'emploi de la majuscule ne répond à aucune rationalité, dans un même texte, ni à aucune intention de l'auteur. La fantaisie des ateliers typographiques, que les écrivains ne contrôlaient guère, ne peut faire loi.

La ponctuation des textes anciens, en particulier des textes de théâtre, est toujours l'objet de querelles et de polémiques. Personne ne peut contester ce fait : la ponctuation ancienne, avec sa codification particulière qui n'est plus tout à fait la nôtre, guidait le souffle et le rythme d'une lecture orale, alors que notre ponctuation moderne organise et découpe dans le discours écrit des ensembles logiques et syntaxiques. On imagine aussitôt l'intérêt de respecter la ponctuation ancienne pour les textes de théâtre – comme si, en suivant la ponctuation d'une édition originale de Molière[3], on pouvait en quelque sorte restituer la diction qu'il désirait pour son théâtre !

---

3   À cet égard, Michael Hawcroft (« La ponctuation de Molière : mise au point », *Le Nouveau Moliériste*, n° IV-V, 1998-1999, p. 345-374) tient pour les originales, alors que Gabriel Conesa (« Remarques sur la ponctuation

Il suffirait donc de transcrire la ponctuation originale. Las ! D'abord, certains signes de ponctuation, identiques dans leur forme, ont changé de signification depuis le XVIIᵉ siècle : trouble fâcheux pour le lecteur contemporain. Surtout, comme l'a amplement démontré, avec science et sagesse, Alain Riffaud[4], là non plus on ne trouve pas de cohérence entre les pratiques des différents ateliers, que les dramaturges ne contrôlaient pas – si tant est que, dans leurs manuscrits, ils se soient souciés d'une ponctuation précise ! La ponctuation divergente de différents états d'une même œuvre de théâtre le prouve. On me pardonnera donc de ne pas partager le fétichisme à la mode pour la ponctuation originale.

J'aboutis donc au compromis suivant : respect autant que possible de la ponctuation originale, qui sera toutefois modernisée quand les signes ont changé de sens ou quand cette ponctuation rend difficilement compréhensible tel ou tel passage.

PRÉSENTATION
ET ANNOTATION DES COMÉDIES

Comme l'écrivait très justement Georges Couton dans l'Avant-propos de son édition de Molière[5], tout commentaire d'une œuvre est toujours un peu un travail collectif, qui tient compte déjà des éditions antécédentes – et les éditions de

---

de l'édition de 1682 », *Le Nouveau Moliériste*, nᵒ III, 1996-1997, p. 73-86) signale l'intérêt de 1682.

4   *La Ponctuation du théâtre imprimé au XVIIᵉ siècle*, Genève, Droz, 2007.

5   *Œuvres complètes*, t. I, 1971, p. XI-XII.

Molière, souvent excellentes, ne manquent pas, à commencer par celle de Despois-Mesnard[6], fondamentale et remarquable, et dont on continue de se servir… sans toujours le dire. À partir d'elles, on complète, on rectifie, on abandonne dans son annotation, car on reste toujours tributaire des précédentes annotations. On doit tenir compte aussi de son lectorat. Une longue carrière dans l'enseignement supérieur m'a appris que mes lecteurs habituels – nos étudiants (et nos jeunes chercheurs) sont de bons représentants de ce public d'honnêtes gens qui auront le désir de lire les classiques – ont besoin de davantage d'explications et d'éléments sur les textes anciens, qui ne sont plus maîtrisés dans l'enseignement secondaire. Le texte de Molière sera donc copieusement annoté.

Mille fois plus que l'annotation, la présentation de chaque pièce engage une interprétation des textes. Je n'y propose pas une herméneutique complète et définitive, et je n'ai pas de thèse à imposer à des textes si riches et si polyphoniques, dont, dans sa seule vie, un chercheur reprend inlassablement (et avec autant de bonheur !) le déchiffrement. Les indications et suggestions proposées au lecteur sont le fruit d'une méditation personnelle, mais toujours nourrie des recherches d'autrui qui, approuvées ou discutées, sont évidemment mentionnées.

En sus de l'apparat critique, le lecteur trouvera, en annexes ou en appendice, divers documents ou instruments (comme une chronologie) qui lui permettront de mieux contextualiser et de mieux comprendre les comédies de Molière.

Mais, malgré tous les efforts de l'éditeur scientifique, chaque lecteur de goût sera renvoyé à son déchiffrement, à sa rencontre personnelle avec le texte de Molière !

---

6   *Œuvres complètes* de Molière, pour les « Grands écrivains de la France », 13 volumes de 1873 à 1900.

Nota bene :

1/ Les grandes éditions complètes modernes de Molière, que tout éditeur (et tout lecteur scrupuleux) est amené à consulter, sont les suivantes :

MOLIÈRE (Jean-Baptiste Poquelin, dit), *Œuvres*, éd. Eugène Despois et Paul Mesnard, Paris, Hachette et Cie, 13 volumes de 1873 à 1900 (Les Grands Écrivains de la France).

MOLIÈRE (Jean-Baptiste Poquelin, dit), *Œuvres complètes*, éd. Georges Couton, Paris, Gallimard, 1971, 2 vol. (La Pléiade).

MOLIÈRE (Jean-Baptiste Poquelin, dit), *Œuvres complètes*, édition dirigée par Georges Forestier avec Claude Bourqui, Paris, Gallimard, 2010, 2 vol. (La Pléiade).

2/ Le présent volume, comme tous ceux de la série des volumes de poche parus et à paraître en 2022-2023, sont issus du *Théâtre complet* de Molière, édité par Charles Mazouer (Paris, Classiques Garnier, 5 volumes de 2016 à 2021).

3/ Signalons quelques études générales, classiques ou récentes, utiles pour la connaissance de Molière et pour la compréhension de son théâtre – étant entendu que chaque comédie sera dotée de sa bibliographie particulière :

BRAY, René, *Molière homme de théâtre*, Paris, Mercure de France, 1954.

CONESA, Gabriel, *Le Dialogue moliéresque. Étude stylistique et dramaturgique*, Paris, PUF, s. d. [1983] ; rééd. Paris, SEDES, 1992.

CORNUAILLE, Philippe, *Les Décors de Molière. 1658-1674*, Paris, PUPS, 2015.

Dandrey, Patrick, *Molière ou l'esthétique du ridicule*, Paris, Klincksieck, 1992 ; seconde édition revue, corrigée et augmentée, en 2002.

Defaux, Gérard, *Molière ou les métamorphoses du comique : de la comédie morale au triomphe de la folie*, 2ᵉ éd., Paris, Klincksieck, 1992 (Bibliothèque d'Histoire du Théâtre) (1980).

Duchêne, Roger, *Molière*, Paris, Fayard, 1998.

Forestier, Georges, *Molière*, Paris, Gallimard, 2018.

Guardia, Jean de, *Poétique de Molière. Comédie et répétition*, Genève, Droz, 2007 (Histoire des idées et critique littéraire, 431).

Jurgens, Madeleine et Maxfield-Miller, Élisabeth, *Cent ans de recherches sur Molière, sur sa famille et sur les comédiens de sa troupe*, Paris, Imprimerie nationale, 1963. – Complément pour les années 1963-1973 dans *R.H.T.*, 1972-4, p. 331-440.

Mckenna, Anthony, *Molière, dramaturge libertin*, Paris, Champion, 2005 (Essais).

Mongrédien, Georges, *Recueil des textes et des documents du XVIIᵉ siècle relatifs à Molière*, Paris, CNRS, 1965, 2 volumes.

Pineau, Joseph, *Le Théâtre de Molière. Une dynamique de la liberté*, Paris-Caen, Les Lettres Modernes-Minard, 2000 (Situation, 54).

4/ Sites en ligne :

Tout Molière.net donne déjà une édition complète de Molière.

Molière 21, conçu comme complément à l'édition 2010 des *Œuvres complètes* dans la Pléiade, donne une base de données intertextuelles considérable et offre un outil de visualisation des variantes textuelles.

CHRONOLOGIE

(15 janvier 1672 – 27 décembre 1672)[1]

1672   15 janvier. Reprise de *Psyché* pour treize repré-
        sentations d'affilée jusqu'au 6 mars, avec une
        excellente recette.

        30 janvier. Mention de la gratification de
        1000 livres accordée par le roi « au sieur Molière
        en considération des ouvrages de théâtre qu'il
        donne au public ».

        Du 9 au 26 février. La troupe séjourna à Saint-
        Germain sur ordre du roi ; elle reçut 219 livres
        pour quatre représentations du *Ballet des ballets*
        avec *La Comtesse d'Escarbagnas*.

        13 février. Ordre de paiement de 7000 livres
        pour la pension royale accordée à la troupe
        pour 1671.

---

1   Comme pour les volumes précédents, la chronologie a été établie d'abord
    à partir des documents sûrs que donnent Madeleine Jurgens et Élisabeth
    Maxfield-Miller, *Cent ans de recherches sur Molière, sur sa famille et sur les
    comédiens de sa troupe* (Paris, Imprimerie nationale, 1963), et Georges
    Mongrédien, *Recueil des textes et documents du XVIIe siècle relatifs à Molière*
    (Paris, CNRS, 1965, 2 vol.). Ces documents ont été repris et complétés
    dans les grandes éditions du *Théâtre complet* de Molière, celle de Georges
    Couton, en 1971, et celle de Georges Forestier avec Claude Bourqui,
    en 2010 (avec ses compléments en ligne dans le site *Molière 21*) ; et ils
    servent de base aux principales biographies du dramaturge : le *Molière*
    de Roger Duchêne (Paris, Fayard, 1998) et celui de Georges Forestier
    (Paris, Gallimard, 2018). De tous, nous avons fait notre profit.

17 février. Mort de Madeleine Béjart pendant le séjour de la troupe à Saint-Germain ; elle avait fait son testament le 9 janvier. Elle reçut les derniers sacrements et put être enterrée en terre sacrée car elle avait également signé une renonciation à sa profession de comédienne.

11 mars. Création des *Femmes savantes* pour une vingtaine de représentations de suite, de part et d'autre de la clôture de Pâques, jusqu'à la mi-mai.

13 mars. Louis XIV signa des lettres patentes qui accordaient à Lully le privilège à vie d'une Académie royale de musique (le futur Opéra) et faisaient défense « à toutes personnes de faire chanter aucune pièce entière en France, soit en vers français ou autres langues sans la permission dudit sieur Lully ». De surcroît, les troupes avaient interdiction d'utiliser plus de « deux voix et six violons ou joueurs d'instrument ». C'était un grand préjudice en particulier pour les spectacles musicaux de Molière.

29 mars. Molière introduisit donc une opposition devant le Parlement à l'enregistrement du privilège du 13 mars accordé à Lully.

Du 5 au 29 avril. Clôture de Pâques.

12 avril. L'ordonnance de Saint-Germain assouplit la rigueur du privilège accordé à Lully et autorise les comédiens à introduire jusqu'à six chanteurs et douze instrumentistes.

22 avril. Lully obtient une nouvelle ordonnance royale qui révoque la précédente et défend aux comédiens de se servir de plus de deux voix et

de six violons pour les entractes ; interdiction aussi de se servir d'un orchestre et de danseurs. Autant dire que toute comédie-ballet ou toute tragédie-ballet se trouvait bel et bien interdite à Molière. Le dramaturge s'était aussi adressé directement au roi, et le pouvoir ferma les yeux sur ses entorses à la stricte contrainte ; si bien qu'à la mort de Molière Lully fit confirmer la rigoureuse et même impitoyable ordonnance royale, en avril 1673 (et encore en mars 1675 et en juillet 1682).

29 avril. Le comédien Hubert commence à tenir son Registre, qui donne des renseignements sur la troupe jusqu'au 21 mars 1673.

Juin. Mention de la gratification de 1500 livres accordée par le roi à la troupe de Molière pour le séjour de février 1672 à Saint-Germain-en-Laye.

8 juillet. Première représentation publique de *La Comtesse d'Escarbagnas* au Palais-Royal, cette petite comédie servant cette fois de cadre au *Mariage forcé*, sans qu'on sache quel texte du *Mariage forcé* fut utilisé (celui de 1664 en trois actes, qui aurait pu être remanié, ou celui de 1668 en un acte ?), ni comment *Le Mariage forcé* ou les morceaux du *Mariage forcé* s'intégraient dans le déroulement de *La Comtesse d'Escarbagnas*. Ce qui est sûr, c'est que cette troisième version du *Mariage forcé* était à nouveau une comédie-ballet, dont Molière, fâché avec Lully, fut obligé de demander la partition au jeune musicien Marc-Antoine Charpentier. Ce nouveau spectacle composite fut donné une

petite quinzaine de fois, pendant un mois et demi.

9 et 12 août. La Grange note des relâches forcées, Molière étant indisposé.

11 août. *Les Femmes savantes* sont données à Saint-Cloud, en visite chez Monsieur.

17 septembre. *La Gazette* signale la représentation des *Femmes savantes* à Versailles.

24 septembre. Nouvelle visite à Versailles, cette fois pour *L'Avare*.

11 octobre. Mort du petit Pierre-Jean-Baptiste-Armand Poquelin, né le 15 septembre et baptisé le 1er octobre, fils de Molière et d'Armande Béjart, leur troisième enfant.

11 novembre. Reprise de *Psyché* pour trente et une représentations consécutives jusqu'au 22 janvier 1673. Si les frais extraordinaires se sont montés à 100 louis d'or « pour remettre toutes choses en état, et remettre des musiciens, musiciennes et danseurs à la place de ceux qui avait pris parti ailleurs » (La Grange), la recette fut considérable (plus de 30 000 livres au total). Où l'on voit ce que fit Molière des défenses de Lully !

10 décembre. Édition originale des *Femmes savantes*.

27 décembre. Monsieur et Madame allèrent à *Psyché* et, pour les deux bancs qu'ils avaient eus à l'amphithéâtre du Palais-Royal, cette fois et deux autres, remirent 440 livres à Molière.

LES FEMMES SAVANTES

INTRODUCTION

De retour de Saint-Germain-en-Laye où elle avait été mobilisée pour *La Comtesse d'Escarbagnas* et *Le Ballet des Ballets*, du 9 au 24 février 1672, la troupe reprit ses spectacles en son théâtre du Palais-Royal, avec *Psyché*, pendant une dizaine de jours. C'est au cours de son séjour au château royal que Molière et ses comédiens apprirent la mort de Madeleine Béjart, survenue le 17 février, un an jour pour jour avant celle de son vieux compagnon Molière. La grande comédienne avait pu recevoir l'extrême-onction parce qu'elle avait signé une renonciation à sa profession condamnée par l'église, ce que ne put faire Molière. Mais la vie du théâtre n'a pas cessé.

Très vite, le 11 mars, Molière donna une pièce nouvelle, *Les Femmes savantes*. Non plus un divertissement de cour broché à la hâte, mais une grande comédie « classique », en cinq actes et en vers, une œuvre méditée et écrite à loisir, mais qu'il a dû présenter à ce moment un peu abruptement, car des projets de divertissements royaux avec Lully devenaient impossibles, le Florentin venant d'obtenir du roi le monopole du théâtre musical, interdisant de ce fait à Molière toute création de comédie-ballet pour la cour et avec son musicien habituel.

Quoi qu'il en soit du moment de sa création, la nouvelle comédie est à la fois reprise et accomplissement d'une dramaturgie – celle du *Tartuffe* –, et reprise, renouvellement et épanouissement d'une thématique présente dans le théâtre de Molière depuis *Les Précieuses ridicules*. Profondément pensées et écrites, *Les Femmes savantes* ne sont pas, comme on a pu le dire, une pièce froide ni une pièce bavarde ; mais le dialogue, les tirades, les vers s'y déploient et s'y étendent à loisir, voire avec quelque prolixité. Nous verrons que cette assise sert la pensée, une pensée approfondie, sans jamais mettre en péril le plaisir comique.

UNE COMÉDIE DE L'IMPOSTURE

Dès l'ouverture des *Femmes savantes*, avec ce dialogue aigre-doux entre les deux sœurs Armande et Henriette, et pris assez brutalement en cours de route, l'idée s'impose, que le bel acte d'exposition confirmera au fur à mesure, d'une demeure parisienne traversée d'oppositions et de conflits. Pour commencer, la discussion entre les deux jeunes filles se veut morale et philosophique sur le mariage, mais on comprend vite que, sous-jacente au débat idéologique, gît une rivalité humaine, Armande, qui a rebuté Clitandre, ne supportant pas que celui-ci ait finalement aimé Henriette, ait pu être payé de retour et veuille l'épouser. Voilà le mariage qui sera contrarié et servira de fil à l'intrigue, à son déploiement et à sa résolution, tout en laissant saufs, comme toujours dans les comédies moliéresques, de plus graves enjeux.

Petit à petit, d'autres rapports de force vont se dessiner et deux camps se constituer, qui se durciront au fil des actes, à la faveur d'autres entrées en scène et de surprises. Dès I, 1, Armande invoque l'exemple de sa mère qui lui a inculqué le mépris des sens, de la matière et l'amour de l'étude et

de la science ; il ne reste plus à agréger au clan des femmes
savantes, mené donc par la mère Philaminte, que Bélise,
la tante des deux sœurs, chez qui le mépris idéologique de
la chair a dérivé dans le romanesque et la folie. Dès I, 3,
l'on apprend que ce clan a son héros, « son héros d'esprit »
(vers 230) en la personne de Monsieur Trissotin, dont le
pédantisme, la plume prolixe et la fatuité sont durement
vilipendés par Clitandre.

Une dernière opposition nous est vite révélée, qui risque
de mettre en danger les vœux et la stratégie des amoureux
Clitandre et Henriette : celle du couple des parents. Le
« bon bourgeois » Chrysale n'est le chef de famille qu'en
titre et c'est Philaminte, sa femme, qui mène le ménage.
Avec l'euphémisme de la gentillesse, Henriette parle de la
« bonté d'âme » de son père et de son humeur facile, qui
ne sont que lâche soumission à sa femme. L'affrontement
parental à propos du mariage des jeunes gens se fait à front
renversé par rapport à la tradition moliéresque (c'est ici
la mère qui s'oppose au mariage souhaité, soutenu par le
père), et non sans risque pour eux.

Telle se présente l'architecture d'une affaire de mariage
contrarié. Mais l'essentiel est ailleurs. Comme le *Tartuffe*,
comme *Le Malade imaginaire*, *Les Femmes savantes* sont une
comédie de l'imposture[1]. Une fois de plus, ce qui intéresse
Molière, c'est de dénoncer l'imposture, ici d'un pédant,
de dénoncer conjointement l'aveuglement de ses dupes et
de tenter de parvenir à leur désabusement. Comme dans
le *Tartuffe*, l'imposteur est discrédité dès le premier acte,
mais il ne paraît qu'au troisième – acte où l'action semble
s'arrêter et qui est tout entier consacré à la fois au portrait
du « bel esprit » (c'est ainsi que Trissotin est désigné dans

---

1   Voir Jacques Truchet, « *Tartuffe, Les Femmes savantes, Le Malade imaginaire* :
     trois drames de l'imposture », *Le Nouveau Moliériste*, II, 1995, p. 95-105.

la liste des personnages) et à l'admiration ridicule, voire grotesque, que lui vouent les femmes savantes qui se sont entichées de lui. Voici bien le sujet des *Femmes savantes* : comment l'imposteur entretient les « folles visions » des trois femmes savantes, comment il dupe ces chimériques et comment il peut en tirer profit – et c'est là que s'articule naturellement l'intrigue du mariage contrarié. Car, de même qu'Orgon a tellement besoin de Tartuffe qu'il veut se l'attacher en lui donnant Mariane sa fille comme épouse, de même qu'Argan, qui a un besoin vital de médecins, veut faire épouser à sa fille le jeune médecin Thomas Diafoirus, de même Philaminte veut faire entrer dans sa famille et se lier Trissotin en lui donnant sa fille Henriette ; à la grande satisfaction de Trissotin, qui montrera un bel acharnement dans ce projet, encore au début de l'acte V, car les parents ont du bien et Henriette est jolie.

Les Femmes savantes présentent donc, conjointement, unité d'intérêt et unité de péril, l'affaire matrimoniale n'étant qu'une conséquence de l'imposture et progressant parallèlement.

La marche de la comédie peut donc se dérouler en une structure claire, mais aussi nourrie de divers enrichissements. Enrichissement assez attendu que les scènes nous montrant les fanfaronnades de Chrysale, puis ses reculades plus ou moins lamentables. Enrichissement utile sinon absolument nécessaire que l'épisode du renvoi de la servante Martine, qui met à la fois en valeur la sottise des savantes et la faiblesse de son maître, dont elle prend le parti devant sa maîtresse. Enrichissement plaisant mais sans nécessité aucune que l'adjonction au groupe des savantes de la folle Bélise. Mais, encore une fois, c'est accroissement de la matière dramatique – la scène est bien occupée dans *Les Femmes savantes* –, et ponctuation d'épisodes comiques qui détendent l'atmosphère tendue et quelque peu inquiétante.

La distribution des actes ménage très bien la progression du péril pour l'amour des jeunes gens, faisant alterner l'espoir et ses entreprises, d'une part, et, d'autre part, échecs et dangers. Voyez les actes II à IV. L'acte II annonce la nouvelle désastreuse (Philaminte veut donner Henriette à Trissotin, II, 7) et montre la lâche approbation de Chrysale (II, 8) ; mais Ariste parvient à redonner courage à Chrysale pour qu'il s'oppose à la volonté de sa femme (II, 9). L'acte central, qui montre magnifiquement le jeu de l'imposteur et la sottise de ses dupes, n'oublie pas du tout l'enjeu matrimonial : Henriette est avisée du projet bien assuré de sa mère (III, 4), mais Chrysale intervient *in extremis* dans l'acte pour affirmer sa propre volonté contraire (III, 6). Au cœur de l'acte IV, Clitandre échoue auprès de Philaminte, mais *in extremis* encore une fois (IV, 5), Chrysale semble vouloir imposer là-contre sa volonté. On peut même dire que le péril est exploité jusqu'à l'extrémité, car, encore au dernier acte, dans l'avant-dernière scène, Chrysale, qui s'était pourtant opposé à sa femme avec l'appui de ses alliés, est sur le point de céder et d'accepter « un accommodement » (vers 1679) parfaitement contraire aux vœux d'Henriette et de Clitandre !

Et la progression du désabusement ? À la vérité, les quelques vers prononcés par Chrysale contre Trissotin à la fin de II, 7, où le mari soumis lâche d'un coup sa hargne, ne constituent pas une entreprise de désabusement ; ni non plus les propos haineux de la vanité blessée de Vadius en III, 3 ou son billet de dénonciation lu en IV, 4. Ces échappées d'opposition à Trissotin renforcent au contraire l'illusion et la détermination de Philaminte. En fait, il faut la ruse d'Ariste, les deux fausses lettres qu'il produit dans la dernière scène[2] – une autre

---

2   Voir Magali Brunel, « Démasquer l'imposture ou le rôle des textes insérés dans *Les Femmes savantes* », [in] *Gueux, Frondeurs, Libertins...*,

imposture pour dénoncer l'imposture de Trissotin ! – pour
faire éclater la vérité sur l'imposteur, qui, croyant la famille
ruinée, se désiste et du coup désabuse Philaminte. Laquelle,
devant le procédé généreux de Clitandre, lui accorde sa fille.
Sans ces lettres, le pire de ce que faisait craindre l'inflexibilité
de Philaminte serait arrivé. Le problème moral trouve sa résolution heureuse en même temps que l'obstacle au bonheur
des amoureux est levé.

Les Femmes savantes, déjà dans la forme, sont décidément
une belle comédie classique.

LE REFUS DE SOI

Comme les Précieuses ridicules – mais aussi comme tous
les naïfs moliéresques de telle facture[3] –, les Femmes savantes
présentent un refus de soi, une dénégation de soi[4] : elles
oublient ou refusent d'admettre leur nature, les contraintes
de la société, leurs limites. Leur chimère est de se changer, de
devenir autres ; et, inévitablement, elles se retrouvent victimes
d'un trompeur, d'un imposteur qui sait entretenir leurs illu-
sions. Le dénouement de la comédie les forcera à reconnaître
l'échec de leur rêve et à revenir, dans l'amertume parfois, au
sentiment du réel. Nos femmes savantes – version féminine
caricaturale du pédant – affichent de hautes prétentions : la

---

2013, p. 307-315, qui analyse les fonctions des lettres finales, mais aussi
celles des insertions poétiques de l'acte III qui révèlent l'imposture de
Trissotin, laquelle ne peut être visible à ce moment-là aux femmes savantes.

3   Voir Charles Mazouer, Le Personnage du naïf dans le théâtre comique du
Moyen Âge à Marivaux, Paris, Klincksieck, 1979, p. 224-229.

4   Voir Anne-Marie Desfougères, « Dénégation, déni, délire chez les personnages de Molière », [in] L'Art du théâtre..., 1992, p. 199-210.

culture à laquelle aspirent Philaminte et, à sa suite, Bélise sa belle-sœur et Armande sa fille, s'élargit à la philosophie et à la science. À chacune des femmes savantes, le dramaturge a donné sa personnalité propre – nous y viendrons bientôt ; mais on peut dégager l'erreur commune aux trois personnages, erreur dont profite un coquin.

Elles refusent le destin séculaire de la femme. C'est jouer au monde un bien petit personnage que de se « claquemurer aux choses du ménage »,

> Et de n'entrevoir point de plaisirs plus touchants
> Qu'un idole d'époux et des marmots d'enfants[5].

Armande invite donc sa sœur à mépriser les sens et la nature, afin de s'élever à de plus nobles occupations, celles de l'esprit. À quoi sa mère et inspiratrice fait écho :

> Et je veux nous venger, toutes tant que nous sommes,
> De cette indigne classe où nous rangent les hommes,
> De borner nos talents à des futilités,
> Et nous fermer la porte aux sublimes clartés[6].

La grammaire, la littérature, la philosophie, la science : rien n'échappe désormais aux beaux esprits féminins. La moins grave des conséquences de tels choix est la désorganisation du ménage : « nous voyons tout aller sens dessus dessous[7] », se désespère le médiocre Chrysale. Plus inquiétant : la fille cadette, Henriette, rebelle à ce féminisme, se verrait contrainte d'épouser Trissotin ; par ce biais, Philaminte pense amener une jeune fille, qui trouverait son épanouissement aux joies viles d'un foyer, aux valeurs de l'esprit[8].

---

5   I, 1, vers 27-30.
6   III, 2, vers 853-856.
7   II, 7, vers 570.
8   III, 4.

Molière souligne cruellement l'inanité de l'ambition des savantes. Parties à la recherche d'une nouvelle identité, elles n'attrapent que des chimères et se discréditent par leurs excès et leurs ridicules. Peu sensées, manquant d'intelligence et de vraie culture, elles ne peuvent réaliser leur rêve. Puristes à l'office, elles renvoient une servante qui a manqué aux préceptes de Vaugelas. Se faisant juges des œuvres littéraires, mais incapables d'une véritable analyse métalinguistique[9] – elles ne produisent qu'une sorte de désastreux commentaire littéraire du sonnet, qui s'enlise dans la paraphrase stupide ou la bête répétition, s'extasie sur une cheville –, elles se pâment littéralement (avec une pointe d'audace, on a fait remarquer l'analogie entre le plaisir qu'elles y prennent et la jouissance sexuelle que leur interdit leur platonisme), sans discernement et sans goût, à l'instar des précieuses ridicules, sur les vers de Trissotin, en faveur de qui elles sont d'ailleurs prévenues. Il faut voir ces dames toucher à la philosophie ! En moins de dix vers, Aristote, Platon, Épicure et Descartes sont passés en revue ; c'est dire que de la pensée de chacun elles n'ont attrapé qu'un mot ou une notion imprécise. Philaminte *aime* le platonisme, Épicure *plaît* à Armande, Bélise *s'accommode* des atomes d'Épicure, mais *goûte bien mieux* Descartes… Jugement sentimental et éclectisme de sottes. Comment ne pas sourire après cela des orgueilleux projets d'une académie des femmes, où l'on approfondira toutes les sciences, où l'on jugera les ouvrages, où, surtout, on travaillera au retranchement des syllabes sales[10] ?

---

9   Voir Josette Rey-Debove, « L'orgie langagière. Le sonnet à la princesse Uranie », *Poétique*, 1972, 12, p. 572-583. Ne pouvant commenter, les savantes prennent plaisir à répéter jusqu'à une sorte d'orgasme langagier, dit cette critique.

10   On peut mettre en rapport cette aspiration ridicule à la pureté de la langue avec le refus du corps que manifestent les femmes savantes.

Ces bourgeoises ne semblent pas faites pour le savoir : superficielles, elles se paient surtout de mots, échouant à saisir les réalités authentiques de l'esprit.

Ces « femmes docteurs » étaient destinées à s'enticher d'un Trissotin. Un nigaud de pédant à la plume prolixe, et d'une rare fatuité : voilà l'homme que Philaminte prend pour un bel esprit, un grand philosophe et un merveilleux poète galant – « et qui n'est, comme on sait, rien moins que tout cela[11] », nous dit Ariste. Il suffit de relire les petits vers mondains qu'il exhibe et fait commenter pour juger ses talents poétiques. L'erreur de jugement n'étonne pas ; on voit bien ce qui a poussé Philaminte à faire de Trissotin son « héros d'esprit » : il prend au sérieux et flatte sa manie. Après avoir délicieusement respiré l'encens qui monte du chœur des trois sottes, Trissotin, qui vient de les honorer d'un sonnet et d'une épigramme, prête la main à leurs chimères. Il invite Philaminte à faire admirer ses productions, applaudit à ses ambitieux projets, car il sait rendre hommage à l'esprit des femmes[12] ; il introduit ensuite le savant Vadius, qui désire s'honorer de la connaissance des beaux esprits féminins[13] ; plus tard, il choisira même le salon de Philaminte, dont il sait le goût pour l'astronomie, pour annoncer le passage d'une comète[14]. Bref, il entretient les « folles visions » des trois femmes, en les prenant ostensiblement pour ce qu'elles veulent être. Comme Tartuffe, et dans son ordre à lui, Trissotin est à la fois un

---

Cette aspiration rejoint pourtant l'idéologie officielle du pouvoir qui fait contrôler la langue par l'Académie (voir Pierre Zoberman, « Purisme et idéologie : l'académie des femmes savantes », *Le Français moderne*, n° 1, 2008, p. 4-13).

11 II, 9, vers 694.
12 III, 2.
13 III, 3.
14 IV, 3.

imposteur et un trompeur. La main d'Henriette satisferait cette « âme mercenaire » (vers 1727), comme dira finalement Philaminte qui s'entêtait à ce mariage et se trouve enfin désabusée ; Vadius a raison, qui écrit à Philaminte que Trissotin n'en veut qu'aux richesses et n'est qu'un coquin intéressé. Aveuglées, les femmes savantes se sont méprises sur la qualité intellectuelle et sur la qualité morale du trompeur qui a su s'insinuer chez elles.

On a peu à gloser sur cette jolie caricature qu'est Bélise. Au XVIIᵉ siècle, on disait que c'était une *visionnaire*[15]. C'est une vieille fille que son refoulement rend victime d'un double rêve : celui des autres femmes savantes et un rêve romanesque[16] dans lequel elle se veut aimée tout en se faisant amoureuse impitoyable de roman, qui tient en lisière des amants (imaginaires, en l'occurrence). Double refus de la chair qui la rend positivement folle et l'amène à se croire, obstinément, aimée du jeune Clitandre.

Philaminte est beaucoup plus intéressante qui, elle, a d'abord fait leur part à l'amour et à la maternité avant de s'étourdir dans la science ; on ne peut donc pas dire d'elle, comme des deux autres, que sa chimère et son mépris de la chair, inspiré du dualisme philosophique, sont de refoulement ou de dépit[17]. En revanche, l'autoritarisme lui est bien particulier ; d'ailleurs ce n'est pas sans raison que Molière fit créer le rôle de Philaminte par l'acteur Hubert, renforçant ainsi la dureté de la dame du logis – la maîtresse, en fait, du logis. Les femmes sont avides de revanche sur

---

15 Donneau de Visé en parle ainsi dans son *Mercure galant* du 12 mars 1672. Et Bélise peut être rapprochée d'Hespérie, un personnage des *Visionnaires* de Desmarets de Saint-Sorlin.

16 Voir André Blanc, « Le refus du romanesque dans *Les Femmes savantes* », [in] *Molière et le romanesque*, 2009, p. 171-187.

17 Voir Catherine Kintzler, « *Les Femmes savantes* de Molière et la question des fonctions du savoir », *XVIIᵉ siècle*, n° 211, 2001, p. 243-256.

les hommes, sur leur monopole du savoir, sur leur pouvoir. Et par sa nature et par son rêve, Philaminte affirme son pouvoir, ou, pour le dire autrement[18], chez elle la *libido sciendi* dissimule la *libido dominandi*. Et il faut ajouter le terrible égoïsme de cette mère (apanage d'ordinaire des pères de Molière) qui veut marier sa fille Henriette pour elle, pour la satisfaction de son rêve avec Trissotin. Mais il faut lui faire finalement crédit de son attitude finale, où la fausse nouvelle de sa ruine lui fait adopter un authentique stoïcisme, avant qu'elle reconnaisse son échec et abdique sa volonté première en laissant Henriette à Clitandre – mais c'est bien elle, toutefois, qui avalise la décision finale !

Armande mérite une analyse encore plus précise. Sa naïveté vient de la contradiction entre l'angélisme qu'elle affiche et les postulations profondes de sa nature féminine ; elle se croit capable, avec son mépris de la chair, de faire taire en elle la jeune fille amoureuse. Elle ne parvient pas à éliminer en elle la *libido sentiendi* et elle échouera à se changer. Molière a soigné son portrait avec beaucoup de profondeur.

C'est Armande qui exprime le plus agressivement et le plus orgueilleusement le platonisme commun aux trois savantes ; elle est aussi la seule que ce choix philosophique concerne vraiment, dans son être de jeune fille : vouloir conserver « le beau nom de fille » requiert d'elle un coûteux sacrifice. Dans le mariage et « tout ce qui s'ensuit », Armande ne veut voir qu'une vulgarité à soulever le cœur, par quoi nous nous égalons aux bêtes ; ayant donné l'exemple, elle prêche à Henriette l'amour de l'étude :

> Loin d'être aux lois d'un homme en esclave asservie,

18   Voir François Lagarde, « La comédie féminine chez Molière », [in] *Actes de Davis, Biblio 17*, 40, 1988, p. 175-183.

> Mariez-vous, ma sœur, à la philosophie[19].

Le refus d'un époux n'entraîne pas le refus d'un adorateur, dit-elle[20]. En fait, Armande voudrait purifier l'amour entre l'homme et la femme de tout ce qui rappelle la matière, le commerce des sens et les sales désirs ; la beauté du parfait amour ne se rencontre que « dans cette union des cœurs où les corps n'entrent pas[21] ». Tel est le pur amour dont elle rêve ; cette revendication va la déchirer dans ses vœux les plus profonds.

On pourrait même dire que son platonisme se formule avec d'autant plus d'éclat et de dureté qu'elle a du mal à l'admettre véritablement. Armande se ment ; ses propos masquent une réalité dont elle ne veut pas convenir, mais qui paraît clairement aux yeux des autres. Dans l'affrontement entre les deux sœurs qui ouvre la pièce, nous sentons très vite que l'opposition de doctrine s'enracine sur une rivalité amoureuse, dont l'enjeu est Clitandre. Aimée de lui, Armande l'a refusé au nom de ses principes ; Henriette a su lier ce cœur rebuté. L'aigreur qu'en conçoit Amande s'explique par un dépit d'amour, par un désir refoulé ; ce n'est pas seulement un adorateur qu'elle perd, c'est un mari qu'elle a cru pouvoir refuser. Plus d'un signe montre qu'elle est poussée par une inconsciente jalousie. Craignant secrètement d'entendre qu'on ne l'aime plus, elle refuse les éclaircissements de Clitandre sur de vaines raisons[22] ; quand Clitandre la conjure de ne plus essayer de se faire aimer de lui, elle se cabre en laissant lire la vérité derrière les mots

---

19 I, 1, vers 43-44.
20 I, 1, vers 103-104.
21 IV, 2, v. 1196.
22 I, 2, vers 125-128.

mensongers[23]. Voit-elle l'accord entre les deux amants ? Elle se trahit encore par son apparent détachement :

> Vous triomphez, ma sœur, et faites une mine
> À vous imaginer que cela me chagrine[24].

Son acharnement à détruire le bonheur de Clitandre et d'Henriette, ses menées assez odieuses (en IV, 1, elle dénigre autant sa sœur qu'elle discrédite Clitandre auprès de Philaminte), sa tentative pour repender Clitandre répondent à son refus initial du jeune homme et à la philosophie qu'elle professe, mais éclairent singulière-ment son cœur. Quelle joie méchante quand Philaminte commande à Henriette d'épouser Trissotin[25] ! Quelle appli-cation mauvaise à renforcer Philaminte dans sa décision de donner Henriette au bel esprit, et à perdre Clitandre, « ce petit Monsieur », auprès de sa mère[26] ! Armande a elle-même conscience qu'on peut croire son attitude dictée par « quelque dépit secret » ; qu'elle le nie encore une fois signale justement qu'elle parle bien « en fille intéressée », et que la philosophie ne lui est d'aucune aide pour surmonter sa déception[27]. Clitandre étant intervenu, elle lui reproche son infidélité, et son incompréhension de l'amour platonique, « où l'on ne s'aperçoit pas qu'on ait un corps[28] ». La réponse de Clitandre, toute empreinte d'un sain naturalisme, lui fait prendre d'un coup conscience de la mystification qu'a été au fond le choix du pur amour ;

---

23 I, 3, vers 155-156 : « Eh ! qui vous dit, Monsieur, que l'on ait cette envie, / Et que de vous enfin si fort on se soucie ? »
24 I, 2, vers 179-180.
25 III, 5.
26 IV, 1 et 2.
27 IV, 2, vers 1141-1147.
28 IV, 2, v. 1212.

son langage ment encore un peu, mais une digue s'est rompue en elle, par où s'échappe la vérité de son personnage, celui d'une jeune fille amoureuse, simplement amoureuse de Clitandre :

> Eh bien, Monsieur ! Eh bien ! Puisque, sans m'écouter,
> Vos sentiments brutaux veulent se contenter ;
> Puisque, pour vous réduire à des ardeurs fidèles,
> Il faut des nœuds de chair, des chaînes corporelles,
> Si ma mère le veut, je résous mon esprit
> À consentir pour vous à ce dont il s'agit[29].

Quelle jolie périphrase ! Mais l'aveu est trop tardif. Et le dénouement consacrera l'échec de cette pitoyable victime d'un platonisme trop ambitieux. En voulant nier sa nature, refouler sa passion et s'imposer un sacrifice auquel elle n'a jamais vraiment consenti, Armande a détruit son bonheur.

À travers Armande, Molière dénonce un autre obstacle au bonheur. Et le destin contraire d'Henriette prouve que le bonheur est possible, dans l'acceptation du corps. Mais si Henriette évite bien la sorte d'*hubris* comique de sa sœur, il ne faudrait pas en faire une sotte, car elle montre son esprit, sa maîtrise des langages, la fermeté et l'habileté de ses propos dans toutes les situations de dialogue[30]. Elle n'imite pas la trivialité de son père, et sa mère a pu lui donner une éducation aux choses de l'esprit. Heureusement, elle n'en a pas pris la chimère et a trouvé l'harmonie entre les exigences du corps et celles de l'esprit, en s'acceptant pleinement elle-même. Parfait idéal pour repousser les déviations des savantes.

---

29   IV, 2 vers 1235-1240.
30   Voir Karolyn Waterson, « Savoir et se connaître dans *Les Femmes savantes* de Molière », [in] *Le Savoir au XVIIᵉ siècle*, *Biblio 17*, 147, 2003, p. 185-194.

DÉBATS CONTEMPORAINS

La fable des *Femmes savantes*, développée autour d'un mariage contrarié, et la création de personnages particulièrement intéressants mènent inévitablement, chez un Molière qui pense, à des questions sociales d'actualité en son temps et à des positions philosophiques générales. Deux de ces questions, aux enjeux capitaux, sont saisies par Molière : celle de l'aspiration des femmes à l'éducation et à la culture ; celle, plus philosophique, à travers le mariage et la sexualité, du corps et des relations entre le corps et l'âme, ou l'esprit. Un regard sur le contexte est éclairant pour situer Molière en son temps. Mais la position exacte du dramaturge n'est pas toujours aisée à déterminer car, comme tous les dramaturges, il s'avance masqué et ne parle qu'à travers ses personnages, dans une polyphonie des points de vue opposés.

Après *Les Précieuses ridicules*, après *L'École des femmes*, *Les Femmes savantes* reviennent à la question des femmes – au fond au vieux débat, qu'on appelait au XVIᵉ siècle la querelle des femmes ; cette question se réveilla au début du XVIIᵉ siècle et traversa tout ce siècle jusqu'à la querelle des Anciens et des Modernes, accompagnant un grand mouvement d'émancipation féminine, visible dans le rôle considérable que jouèrent les femmes dans la vie intellectuelle et culturelle de l'époque[31]. Cette époque en effet

---

31 De la solide et classique étude de Gustave Reynier (*La Femme au XVIIᵉ siècle*, 1933) à la grande thèse récente de Linda Timmermans (*L'Accès des femmes à la culture sous l'Ancien Régime*, 2005), la littérature critique est considérable. Voici quelques jalons : Jacques Truchet, « Les aspirations intellectuelles des femmes au XVIIᵉ siècle », [in] *Les Femmes savantes*, dir.

témoigne de l'aspiration des femmes au savoir. Depuis le commencement du règne de Louis XIV, avec la reprise de la vie de société et le phénomène des salons, les femmes prétendent à l'instruction, montrent le goût du savoir et veulent s'affranchir de la pesanteur de leur destin traditionnel qui les confine à la maison. Dans *Artamème ou Le Grand Cyrus* (dont Molière a montré les ravages sur les sottes précieuses ridicules), à la partie dix et dernière, Mademoiselle de Scudéry – autrement dite Sapho – pose la question de l'instruction féminine : « Je voudrais, écrit-elle à l'adresse de ses congénères, qu'on eût autant de soin d'orner son esprit que son corps[32] ». Un certain nombre de grandes dames, voire une souveraine comme Christine de Suède, égalent les hommes quant à l'instruction, à la culture et à la curiosité pour les sciences. Contre le retour des traditionalistes, des femmes, contemporaines de Molière, se sont instruites et cultivées : Madame de La Fayette et Madame de Sévigné savent les langues et le latin ; d'autres ont acquis des compétences en sciences, comme Madame de La Sablière avec son cercle de savants, ou en philosophie – car ces dames sont volontiers cartésiennes.

Sylvie Chevalley, 1962, p. 15-22 ; Hélène Moreau, « Nature féminine et culture dans le théâtre de Molière », *Marseille*, n° 88, 1972, p. 161-168 ; Roger Duchêne, « L'école des femmes au XVIIᵉ siècle », [in] *Mélanges [...] Georges Mongrédien*, 1974, p. 143-154 ; Jacques Truchet, « Molière et *Les Femmes savantes* », [in] *Onze études sur l'image de la femme...*, 1978, p. 91-101 ; Jacques Scherer, « Le sens des *Femmes savantes* », article de 1982, repris dans *Molière, Marivaux, Ionesco...*, 2007, p. 133-136. ; *Femmes savantes, savoir des femmes...*, dir. Colette Nativel, 1999.

32 Cité par Gustave Reynier, *op. cit.*, chap. VI. Remarquons que si Sapho veut que les femmes sachent « plus de choses qu'elles n'en savent pour l'ordinaire », elle demande que les femmes ne s'en vantent pas, qu'elles se fassent pas passer pour des savantes (voir le livre II de la dixième partie, 1653, p. 677-678). Comparez avec les déclarations de Clitandre en I, 3.

Les apologistes de la science des femmes, comme Poullain de La Barre, inscrivent au programme de l'éducation des filles des ouvrages scientifiques, la *Logique de Port-Royal*, le *Discours de la méthode* ou *Les Méditations sur la philosophie première* (*Méditions métaphysiques*) de Descartes, Gassendi... Ce dont les femmes savantes de Molière donnent une caricature reflète une réalité des plus sérieuses et un mouvement en faveur de la culture féminine.

Mais Molière ? Molière qui, s'il avait été favorable, dans ses *Écoles*, à l'émancipation des filles en prônant leur droit à la liberté de l'amour et au mariage choisi, s'était aussi moqué des aspirations intellectuelles de pecques provinciales dans *Les Précieuses ridicules* ? Revenons au texte des *Femmes savantes*.

Le « bon bourgeois » Chrysale condamne le nouveau train de sa maison : au lieu de s'occuper du ménage, c'est-à-dire du confort matériel, des aises de son mari, Philaminte et les autres savantes, qui se mêlent de livres, de science, des choses de l'esprit, ne se nourrissent, selon le bien matérialiste Chrysale, que de viande creuse. C'est en II, 7 qu'il formule son idéal de la femme et de son rôle dans le ménage. Il faut bien croire que Molière manifeste quelque accord avec le préjugé traditionnel représenté par l'assez grossier Chrysale, tant il discrédite les femmes savantes, revendiquant, elles, de s'émanciper de la pauvreté horrible des tâches traditionnelles imposées à l'épouse et à la mère, au profit de la culture d'un savoir qui va de la langue à la philosophie, en passant par la physique et l'astronomie. Or ces trois femmes n'ont pas les moyens intellectuels de leurs ambitions ; elles sont sottes, barbouillées d'un vernis de savoir inconsistant, et avec leur cercle savant ne sont que de mauvais singes des salons d'aristocrates vraiment cultivées. Molière discréditerait-il l'aspiration au savoir en condamnant ses excès et ses aberrations, ou condamne-t-il seulement ces faiblesses et ces excès chez certaines femmes qui se prétendent savantes ? Le personnage de Clitandre, fils de gentilhomme et donc gentilhomme lui aussi, homme de cour maîtrisant le langage galant mais utilisé avec sincérité (alors que Trissotin ne s'en sert que comme un masque pour cacher son avidité), qui fait couple harmonieux avec le personnage d'Henriette, représente une position moyenne et se trouve être, non pas le raisonneur (il n'y en a pas vraiment dans cette comédie), mais le porte-parole de Molière. Adversaire de tout pédantisme – masculin ou féminin –, il hait les « femmes docteurs » (vers 217), au savoir affecté. « Je consens qu'une femme ait des clartés de tout », affirme-t-il, avec la suite, bien connue :

> Mais je ne lui veux point la passion choquante
> De se rendre savante afin d'être savante ;
> Et j'aime que souvent, aux questions qu'on fait,
> Elle sache ignorer les choses qu'elle sait ;
> De son étude enfin je veux qu'elle se cache,
> Et qu'elle ait du savoir sans vouloir qu'on le sache,
> Sans citer les auteurs, sans dire de grands mots,
> Et clouer de l'esprit à ses moindres propos[33].

Il approuve donc une éducation, une connaissance des sciences et une certaine culture pour les femmes, sans les renvoyer à leur ménage – dont il faudra probablement qu'elles s'occupent aussi ! Et ce n'est pas rien. Mais pas question d'approfondir ce savoir, pas question d'en faire montre, de l'utiliser dans l'échange social, pas question d'entrer dans la spécialisation ni dans le commerce des savants ; la femme doit rester discrète et dissimuler l'exercice de son esprit. Sans doute en une version passablement

---

33   I, 3, vers 218-226.

éclairée et améliorée, cela reste, en somme, bien proche de l'idéologie traditionnelle.

Il faut l'admettre et s'y résigner : *Les Femmes savantes* ne nous font pas saisir un Molière féministe et prônant l'égalité des sexes devant le savoir. Lui qui avait favorisé la libération des femmes dans le domaine de l'amour n'aide guère l'aspiration au savoir de celles-ci. Probablement comme Clitandre, il tempère singulièrement le préjugé bourgeois antiféministe ; mais il en reste, aux yeux des modernes, passablement prisonnier. Certainement pas fondamentalement opposé à la culture des femmes, il se range plutôt du côté de la tradition du passé. C'est ce que fait comprendre – sans jamais nommer Molière – le cartésien François Poullain de La Barre qui donne en 1673 *L'Égalité des deux sexes*[34], à la thèse éclatante, et en 1674 *L'Éducation des dames*[35], où il dresse un programme d'éducation qui mette les femmes sur un pied d'égalité avec les hommes et leur permette de faire bonne figure « jusque dans les académies[36] ». « L'esprit n'a pas de sexe », écrit-il, et contre les antiféministes et misogynes de tout poil, il affirme que l'accession des femmes à l'éducation ne bouleversait ni l'ordre social ni la *doxa* théologique. Notre Molière n'en est point là !

La science n'est pas seule en débat chez les savantes, mais aussi, de manière connexe – le mouvement précieux

---

34 Titre complet : *De l'égalité des deux sexes, discours physique et moral, où l'on voit l'importance de se défaire des préjugés.*

35 Titre complet : *De l'éducation des dames pour la conduite de l'esprit dans les sciences et dans les mœurs, entretiens.*

36 Voir : Bernard Magné, « Éducation des femmes et féminisme chez Poullain de La Barre (1647-1723) », *Marseille*, n° 88, 1972, p. 117-123 ; Marcelle Maistre Welch, « La réponse de Poullain de La Barre aux *Femmes savantes* de Molière », [in] *Ordre et contestation au temps des classiques*, 1992, p. 183-191.

lia dès le début la question de la culture et celle du corps des femmes (sexualisé, mariage et maternité) – la sexualité et le mariage[37] ; et ce débat a des prolongements ou des fondements proprement philosophiques.

Chrysale s'insurge contre les femmes savantes car il ne pense qu'à son corps :

> Oui, mon corps est moi-même, et j'en veux prendre soin.
> Guenille si l'on veut, ma guenille m'est chère[38].

Son grossier épicurisme[39], exclusivement matériel, rejette les choses de l'esprit. À l'inverse, Armande exprime parfaitement et longuement la position commune des savantes, dans la première scène de la comédie, et s'efforce elle-même à un angélisme impossible : les sens, la matière, le mariage, un époux et des marmots d'enfants ravalent la femme et n'offrent à l'esprit rien que de « dégoûtant[40] » – position que nous avons pu qualifier, commodément et rapidement, de platonisme. Le couple d'Henriette et de Clitandre signale, une fois encore, la position de Molière, favorable à l'union de l'âme et du corps, en une anthropologie unitaire et équilibrée, qui ne discrédite pas l'esprit en faveur du corps ni ne méprise le corps en faveur de l'esprit, et qui rend

---

37 Deux articles éclairants : le fondamental « "Les nœuds de la matière" : l'unité des *Femmes savantes* », de Jean Molino (XVIIe *siècle*, 1976, n°113, p. 23-47), et le plus récent « "Guenille si l'on veut …" Le corps dans les dernières comédies de Molière » de Jean Serroy (*Littératures classiques*, Supplément annuel de janvier 1993, p. 89-100).

38 II, 7, vers 542-543.

39 Il transparaît même dans l'évocation fugitive de sa jeunesse un peu libertine, par deux fois : en II, 2, quand il évoque le voyage à Rome (« Et nous étions, ma foi ! tous deux de verts galants », v. 346), et en III, 5, quand il s'attendrit devant les amoureux (« Et je me ressouviens de mes jeunes amours », v. 1120).

40 I, 1, v. 10. – Je paraphrase rapidement les 86 vers du dialogue d'ouverture entre Henriette et Armande.

possible un authentique bonheur dans le mariage. Tel est le naturalisme de Molière.

Il est facile de mettre des noms de mouvements philosophiques derrière ces positions. Les deux positions extrêmes que condamne Molière marquent son refus, au fond, du cartésianisme et de son dualisme, alors à la mode ; *Les Femmes savantes* sont une comédie anti-dualiste et anticartésienne. Le naturalisme prôné et pratiqué par Clitandre est d'inspiration épicurienne (Gassendi) et sceptique (Le Mothe Le Vayer), et donne au corps et à l'âme leur juste place.

Me permettra-t-on de revenir brutalement à ras de terre ? Cette revendication des femmes savantes à la culture et à la science, cette affirmation de la primauté de l'esprit sur la matière – cette matière que ne représente que trop le très matériel Chrysale – ne peuvent être sans effet sur le pouvoir dans le couple. Contre la supériorité masculine, Philaminte a pris le pouvoir et désorganisé, selon Molière, l'ordre familial. Elle a pris le pouvoir dans le ménage en contestant l'idéologie régnante, dont la servante Martine est un si plaisant porte-parole (« La poule ne doit point chanter devant le coq[41] », vers 1644). Et notre Molière se trouve toujours plus traditionnaliste que révolutionnaire...

---

41   Voir Élisabeth Lapeyre, « *Les Femmes savantes* : une lecture aliénée », *French Forum*, mars 1981, p. 132-139.

UNE COMÉDIE, ENCORE ET TOUJOURS

On a pu mesurer – même si Molière n'écrit ni un essai sur la société de son temps, ni une dissertation philosophique – l'importance et la portée du propos dramatique. Le sérieux et la gravité sont toujours présents chez Molière, mais semblent particulièrement sensibles dans *Les Femmes savantes*, au point qu'on a pu rapprocher la pièce du drame bourgeois[42].

Au-delà des sujets que touchent les situations dramatiques – sujets moraux (la lucidité sur soi et l'acceptation de soi), sujets sociaux (l'accès des femmes au savoir) ou philosophiques (équilibre de l'âme et du corps) –, les situations elles-mêmes ne prêtent pas immédiatement à rire et suscitent parfois presque la pitié. L'imposteur Trissotin élargit la désunion d'une famille en flattant les lubies des femmes savantes ; plus gravement, qu'il accepte, avec avidité et acharnement, d'épouser Henriette, de force si besoin, met en péril le bonheur de la jeune fille et de son amoureux. Ce malheur n'est évité qu'*in extremis* par une ruse qui ressemble fort à un *deus ex machina*, absolument imprévisible.

Plus gravement encore, le personnage d'Armande susciterait ou suscite la pitié : son impossible angélisme, son refus de la chair et du mariage à quoi aspire tout son être font d'elle la victime finale, celle qui est *sacrifiée*, comme elle le dit elle-même : elle émeut pour finir, bien qu'elle soit responsable de son malheur, qu'elle soit passée volontairement à côté du bonheur – et elle émeut aussi par le

---

42   Voir Simone Dosmond, « *Les Femmes savantes*. Comédie ou drame bourgeois ? », *L'Information littéraire*, 1992, n° 5, p. 12-22.

destin qu'on lui imagine de vieille fille aigrie et ravagée. Molière ne tempère ni son amertume, ni sa souffrance.

Nous sommes pourtant bien devant un dénouement de comédie, qui assure le bonheur de l'amour réciproque, éloigne l'imposture et ses périls, et rétablit un semblant d'ordre dans la famille troublée. Et tout au long des cinq actes, nous avons bien été dans une comédie – et une comédie qui a recours au comique psychologique le plus fin de même qu'aux procédés comiques habituels, voire les plus bouffons comme la chute du laquais en III, 2. Et si l'on regarde les choses de près, on s'aperçoit que Molière est soucieux de la distribution des passages comiques pour détendre la tension ou tempérer la gravité. Précisons un peu les sources du rire.

Le plus virulent : la satire contre le bel esprit Trissotin et le savant Vadius, qui est une variation de la satire contre les pédants. On sait que Molière voulait régler un compte avec ses ennemis l'abbé Cotin (d'un nom très transparent, Trissotin s'est d'abord appelé *Tricotin*) et avec Ménage – deux personnages assez considérables de la vie littéraire du temps[43], mais qui avaient été radiés de la liste des pensionnés[44]. L'un, stigmatisé comme triple sot, est accroché par Molière comme médiocre poète de vers mondains, dont le dramaturge exhibe des illustrations caricaturales ; outre la médiocrité littéraire, Molière a donné à son personnage des minauderies de fat et, très gravement, une âme intéressée par l'argent, faisant de lui un imposteur. L'autre, avec son nom de savant en *-us*, représente Gilles Ménage,

---

43 Voir l'introduction de Georges Couton aux *Femmes savantes* dans son Molière complet de la Pléiade (t. II, 1971, p. 978-984).

44 Voir l'allusion de Clitandre en IV, 3, dans l'aigre discussion avec Trissotin, où le jeune homme souligne cruellement l'inutilité des beaux esprits comme Trissotin pour l'État, et justifie de ce fait la décision royale de supprimer les pensions d'un Cotin et d'un Ménage.

éminent spécialiste de la langue française et des auteurs de l'Antiquité ; Molière en fait un cuistre vindicatif. En une scène de haut comique, III, 3, Molière nous montre le bel esprit et le savant s'entre-grattant avant de se déchirer, après le mépris que Vadius fait du petit sonnet de son confrère et l'obstination sotte à lire sa propre ballade, alors même qu'il vient de stigmatiser « l'indigne empressement de lire » ses ouvrages en public (III, 3, v. 966).

Mais la famille désunie, avec ses défauts ou ses excès donne fort à rire. À commencer par Bélise, reprise du type comique caricatural de l'amoureuse surannée qui se croit aimée, mais ici devient une vieille folle intoxiquée à la fois par les communes prétentions au savoir du clan féministe et par les romans.

Philaminte et Chrysale forment un couple désuni fort drôle, avec contraste et renversement – à commencer par le contraste des langages : prétentions du pédantisme de Philaminte ; simplicité qui frôle la grossièreté du style de Chrysale, sur quoi se greffe le langage déformé de la servante de cuisine. C'est le monde renversé que la femme détienne le pouvoir[45] – je rappelle à nouveau que Philaminte était jouée par un acteur masculin –, et impose sa domination à un mari soumis et velléitaire. Couple à l'envers et comique par ce renversement même. Et Molière ajouta à cela, chez Chrysale, le rêve d'imposer son autorité à Philaminte – rêve car il se trompe sur lui-même et sur sa capacité de résistance à la redoutable épouse. Poussé par autrui, il s'entraîne sans doute à la rébellion et à la volonté[46]. Mais qu'il s'agisse de la défense de ses conceptions et de ses souhaits, du choix

---

45   Voir Pierre Ronzeaud, « La femme au pouvoir ou le monde à l'envers », *XVIIᵉ siècle*, n° 108, 1975, p. 9-33.

46   Voir II, 9, vers 709-710 : « C'est souffrir trop longtemps, / Et je m'en vais être homme à la barbe des gens ».

d'un mari pour Henriette, du renvoi de Martine ou de la signature du contrat de mariage, il proclame une décision aussi ferme que seront lamentables ses reculades, lors de l'affrontement. Malgré, en II, 5, ses affirmations et son assurance de défendre Martine (qui ne cesse de nous faire rire, quant à elle, de sa manière d'écorcher la langue, qui peut s'orner de calembours), dès la scène suivante il se soumet et renvoie la pauvre fille de cuisine. Pour formuler son scandale du train de la maison, il n'ose s'adresser à sa femme et fait mine de s'adresser à Bélise[47], en II, 7. Devant le notaire, il faut qu'il soit soutenu par ceux de son camp pour affirmer que le futur d'Henriette sera Clitandre – encore une situation cocasse, le notaire se trouvant en face de deux futurs –; et alors, avec ses propos imagés et pittoresques, Martine doit se substituer à son maître pour résister[48], Chrysale se montrant pour finir favorable à un accommodement exactement contraire à sa volonté affichée de soutenir Clitandre comme époux d'Henriette.

L'apothéose des situations comiques se voient évidemment à l'acte III, scène 1 et 2, dans cette extraordinaire chorégraphie verbale où les trois savantes s'exaltent et se pâment autour des productions poétiques de Trissotin. Et de leur illusion et de leur sottise, nous avons déjà vu que Molière a accumulé tous les ridicules possibles.

Bref, que ce soit par le comique gestuel, par l'utilisation du verbe (diversité des langages et multiplication des joutes verbales), par la configuration des situations dramatiques ou par l'exploitation des ridicules des personnages – dans l'excès, la raideur ou l'illusion –, Molière a parsemé ses

---

47 Substitution du destinataire – exemple de polyphonie conversationnelle (voir Nathalie Fournier, « Dialogue et polyphonie conversationnelle... », *XVIIᵉ siècle*, nᵒ 177, 1992, p. 561-566).

48 Substitution du destinateur. Voir la note précédente.

Femmes savantes de traits comiques qui compensent sans nul doute la gravité du propos, les tensions que le dénouement résoudra presque toutes, l'assombrissement parfois et l'amertume de certaines situations.

Entre cette courte mais aiguë *Comtesse d'Escarbagnas* écrite pour encadrer un fastueux et hétéroclite ballet, et cette farce géniale et profonde du *Malade imaginaire* destinée à clore la carrière du dramaturge, *Les Femmes savantes* représentent un retour, en effet, à la grande comédie morale que Molière semblait avoir abandonnée depuis *L'Avare*. Comme dans cette dernière pièce, la dureté du propos n'empêche nullement la floraison du comique. On aurait aimé y rencontrer un Molière moins passéiste, plus audacieux et plus féministe ; mais les ridicules des savantes, avec leur portée sérieuse, y sont si réjouissants et si magistralement stigmatisés !

LE TEXTE

Nous transcrivons le texte de l'édition originale :

LES / FEMMES / SÇAVANTES. / *COMEDIE.* / Par I. B. P. MOLIERE. / *Et se vend pour l'Autheur.* / A PARIS, / *Au Palais, &* / chez PIERRE PROMÉ, sur le Quay / des Grands Augustins, à la Charité. / M. DC. XXII. / *AVEC PRIVILEGE DV ROY.* in-12 : 2 ff. non numérotés et 92 pages.

Un exemplaire à Bnf, Tolbiac : RES-Yf-4168 (texte numérisé : NUMM-70161 ; lot d'images numérisées : IFN-8610790).

BIBLIOGRAPHIE COMPLÉMENTAIRE

Éd. Pierre Ronzeaud des *Femmes savantes*, avec *Le Malade imaginaire*, Paris, Magnard, 1992 (Texte et contextes).

Éd. Hubert Carrier des *Femmes savantes*, Paris, Classiques Hachette, 2006.

Éd. Claude Bourqui des *Femmes savantes*, Paris, Librairie Générale française, 1999, édition enrichie en 2011 (Le Livre de poche).

Éd. Laurence Rauline des *Femmes savantes*, Paris, Hatier, 2016 (Classiques & Cie. Lycée).

Éd. des *Femmes savantes*, dossier par Marc Stéphane, Paris, Belin, Gallimard, 2018.

REYNIER, Gustave, *Les Femmes au XVIIe siècle. Ses ennemis et ses défenseurs*, Paris, Plon, 1933.

JEUNE, Simon, « Molière, le pédant et le pouvoir. Note pour le commentaire des *Femmes savantes* », *R.H.L.F.*, n° 55, 1955, p. 145-154.

TRUCHET, Jacques, « Les aspirations intellectuelles des femmes au XVIIe siècle », [in] *Les Femmes savantes*, dir. Sylvie Chevalley, Paris, Comédie-Française, 1962, p. 15-22.

MAGNÉ, Bernard, « Éducation des femmes et féminisme chez Poullain de La Barre (1647-1723) », *Marseille*, n° 88, 1972, p. 117-123.

MOREAU, Hélène, « Nature féminine et culture dans le théâtre de Molière », *Marseille*, n° 88, 1972, p. 161-168.

REY-DEBOVE, Josette, « L'orgie langagière. Le sonnet à la princesse Uranie », *Poétique*, 1972, 12, p. 572-583.

DUCHÊNE, Roger, « L'école des femmes au XVIIe siècle », [in] *Mélanges historiques et littéraires offerts à Georges Mongrédien*, Paris, Société d'études du XVIIe siècle, 1974, p. 143-154.

RONZEAUD, Pierre, « La femme au pouvoir ou le monde à l'envers », *XVIIe siècle*, n° 108, 1975, p. 9-33.

MOLINO, Jean, « "Les nœuds de la matière" : l'unité des *Femmes savantes* », *XVIIe siècle*, 1976, n° 113, p. 23-47.

GARAPON, Robert, *Le Dernier Molière. Des « Fourberies de Scapin » au « Malade imaginaire »*, Paris, S.E.D.E.S., 1977.

TRUCHET, Jacques, « Molière et *Les Femmes savantes* », [in] *Onze études sur l'image de la femme dans la littérature française du XVIIe siècle*, dir. Wolfgang Leiner, Tübingen-Paris, Gunter Narr-J. M. Place, 1978, p. 91-101.

MAGNÉ, Bernard, « Fonction métalinguistique, métalangage, métapoèmes dans le théâtre de Molière », *Cahiers de littérature du XVIIe siècle*, 1979, n° 1, p. 99-129.

DEFAUX, Gérard, *Molière ou les métamorphoses du comique : de la comédie morale au triomphe de la folie*, 2° éd, Paris, Klincksieck, 1992 (Bibliothèque d'Histoire du Théâtre) (1980).

LAPEYRE, Élisabeth, « *Les Femmes savantes* : une lecture aliénée », *French Forum*, mars 1981, p. 132-139.

SCHERER, Jacques, « Le sens des *Femmes savantes* », article de 1982, repris dans *Molière, Marivaux, Ionesco… 60 ans de critique*, Saint-Genouph, Nizet, 2007, p. 133-136.

LANAVÈRE, Alain, « Molière au travail : quelques remarques sur la composition des *Femmes savantes* », *Cahiers de littérature du XVIIe siècle*, n° 6, 1984, p. 273-281.

MAURICE, Jean, Dossier pédagogique sur *Les Femmes savantes*, *L'Information littéraire*, 38, 1986, p. 85-93.

LAGARDE, François, « La comédie féminine chez Molière », [in] *Madame de La Fayette. La Bruyère. La femme et le pouvoir au théâtre : actes de Davis*, éd. par Claude Abraham, Seattle, *Papers on French seventeenth century literature*, 1988 (*Biblio 17*, 40), p. 175-183.

DESFOUGÈRES, Anne-Marie, « Dénégation, déni, délire chez les personnages de Molière », [in] *L'Art du théâtre.*

Mélanges en hommage à Robert Garapon réunis pas Yvonne Bellenger, Gabriel Conesa, Jean Garapon, Charles Mazouer et Jean Serroy, Paris, P.U.F., 1992, p. 199-210.

FOURNIER, Nathalie, « Dialogue et polyphonie conversationnelle dans *Les Fourberies de Scapin, La Comtesse d'Escarbagnas, Les Femmes savantes, Le Malade imaginaire* », XVIIe *siècle*, n° 177, 1992, p. 561-566.

MAISTRE WELCHE, Marcelle, « La réponse de Poullain de La Barre aux *Femmes savantes* de Molière », [in] *Ordre et contestation au temps des classiques*, p. p. Roger Duchêne et Pierre Ronzeaud, t. I, Paris-Seattle-Tübingen, *Papers on French Seventeenth-Century Literature*, 1992 (*Biblio 17*, 73), p. 183-191.

DOSMOND, Simone, « *Les Femmes savantes*. Comédie ou drame bourgeois ? », *L'Information littéraire*, 1992, n° 5, p. 12-22.

NÉPOTE-DESMARRES, Fanny, « Mariage, théâtre et pouvoir dans les quatre dernières pièces de Molière », *Op. cit.*, novembre 1992, p. 83-87.

SERROY, Jean, « "Guenille si l'on veut …" Le corps dans les dernières comédies de Molière », *Littératures classiques*, Supplément annuel de janvier 1993, p. 89-100).

TRUCHET, Jacques, « *Tartuffe, Les Femmes savantes, Le Malade imaginaire* : trois drames de l'imposture », *Le Nouveau Moliériste*, II, 1995, p. 95-105.

BOURQUI, Claude, « Molière et la "question d'amour" : un autre éclairage sur *Les Femmes savantes* », *Revue d'études françaises*, n° 4, 1999, p. 97-109.

Femmes savantes, savoir des femmes. Du crépuscule de la Renaissance à l'aube des Lumières, dir. Colette Nativel, Genève, Droz, 1999.

KINTZLER, Catherine, « *Les Femmes savantes* de Molière et la question des fonctions du savoir », XVIIe *siècle*, n° 211, 2001, p. 243-256.

WATERSON, Karolyn, « Savoir et se connaître dans *Les Femmes savantes* de Molière », [in] *Le Savoir au* XVIIe *siècle*, John David Lyons et Cara Welch éditeurs, Tübingen, Gunter Narr, 2003 (*Biblio 17*, 147), p. 185-194.

BASCHERA, Marco, « Le corps une guenille ? À propos du rapport entre matérialité et maternité dans *Les Femmes savantes* », [in] *Vraisemblance et représentation au* XVIIe *siècle : Molière en question*, sous la direction de Marco Baschera, Pascal Dumont, Anne Duprat et Didier Souiller, [Dijon], Centre de recherches Interactions culturelles européennes : équipe de recherches Texte et édition, 2004 (Littérature comparée ; 2), p. 131-143.

TIMMERMANS, Linda, *L'Accès des femmes à la culture sous l'Ancien Régime*, Paris, Champion, 2005 (Champion classiques. Essais).

HARRIS, Joseph, « Travesties of the Patriarchy. *Les Femmes savantes* and Molière's Cross-cast Roles », *Le Nouveau Moliériste*, n° VI, 2007, p. 87-101.

MABER, Richard, « La Ballade de Vadius », *Le Nouveau Moliériste*, n° VI, 2007, p. 103-113.

ZOBERMAN, Pierre, « Purisme et idéologie : l'académie des femmes savantes », *Le Français moderne*, n° 1, 2008, p. 4-13.

BLANC, André, « Le refus du romanesque dans *Les Femmes savantes* », [in] *Molière et le romanesque du* XXe *siècle à nos jours*, Actes du 4e colloque de Pézenas (8-9 juin 2007) p. p. Gabriel Conesa et Jean Emelina, Pézenas, Domens, 2009, p. 171-187.

GOODKIN, Richard, « L'ailleurs romanesque de *L'École des femmes*, des *Femmes savantes* et du *Malade imaginaire* », [in] *Molière et le romanesque du* XXe *siècle à nos jours*, Actes du 4e colloque de Pézenas (8-9 juin 2007) p. p. Gabriel

Conesa et Jean Emelina, Pézenas, Domens, 2009, p. 94-109.

Revisiter la « querelle des femmes ». Discours sur l'égalité / inégalité des sexes de 1660 à 1750, sous la direction de Danielle Haase-Dubosc et Marie-Élisabeth Henneau, Saint-Étienne, Publications de l'université de Saint-Etienne, « L'école du genre », 2013.

BRUNEL, Magali, « Démasquer l'imposture ou le rôle des textes insérés dans *Les Femmes savantes* », [in] *Gueux, frondeurs, libertins, utopiens. Autres et ailleurs du XVIIᵉ siècle. Mélanges en l'honneur du professeur Pierre Ronzeaud*, sous la direction de Philippe Chométy et Sylvie Requemora-Gros, Presses Universitaires de Provence, 2013, p. 307-315 (Textuelles. Univers littéraires).

NÉDELEC, Claudine, et PARINGAUX, Céline, « Langages de Molière », [in] *Molière Re-Envisioned. Twenty-First Century Retakes / Renouveau et renouvellement moliéresques. Reprises contemporaines*, sous la direction de M. J. Muratore, Paris, Hermann, 2018, p. 141-159.

LES
FEMMES
SÇAVANTES

COMEDIE

Par I. B. P. MOLIERE.

Et se vend pour l'Autheur
A PARIS,

Au Palais, &
Chez **PIERRE PROMÉ**, sur le Quay
Des Grands Augustins, à la Charité.

M. DC. LXXII.

AVEC PRIVILEGE DV ROY.

Par Grace & Privilege du Roy, donné à Paris le 31. Decembre 1670. Signé, Par le Roy en son Conseil, GUITONNEAU. Il est permis à I. B. P. MOLIERE, de faire imprimer par tel Imprimeur ou Libraire qu'il voudra choisir, une Piece de theatre de sa composition, intitulée *Les Femmes Sçavantes* ; et ce pendant le temps & espace de dix ans, à compter du jour que ladite Piece sera achevée d'imprimer pour a premiere foi : Et defehses sont faites à toutes Personnes de quelque qualité & condition, qu'ils soient, d'imprimer, ou faire imprimer ladite Piece, sans le consentements de l'Exposant, ou de ceux qui auront droict de luy, à peine de six mil livres d'amende, & de tous despens, dommages & intrerests, ainsi que plus au long il est porté audit Privilege.

Registré sur le Livre de la Communauté, le 13. Mars 1671.

Signé, L. Sevestre, Syndic.

Achevé d'imprimer le 10 Decembre 1672.

ACTEURS [n. p.]

CHRYSALE, bon bourgeois[1].

PHILAMINTE, femme de Chrysale[2].

ARMANDE[3],
HENRIETTE[4], } filles de Chrysale et de Philaminte.

ARISTE[5], frère de Chrysale.

BÉLISE[6], sœur de Chrysale.

CLITANDRE[7], amant d'Henriette.

TRISSOTIN[8], bel esprit.

---

1   Un *bon bourgeois* est un homme de bonne bourgeoisie, un habitant aisé
    et honorable, bien inscrit dans sa ville, sensé, sans doute partisan des
    bonnes traditions – ce qui permet au terme, aussi, de devenir péjoratif.
    – Ce rôle comique était joué par Molière, dont voici le costume d'après
    l'*Inventaire après décès* : « justaucorps et haut-de-chausses de velours noir
    et ramage à fond aurore, la veste de gaze violette et or (il y a aussi de
    l'or dans le nom de *Chrysale*, d'après le grec *chrusos*), garnie de boutons,
    un cordon d'or, jarretières, aiguillettes et gants ».

2   Rôle joué à la création par l'acteur masculin Hubert.

3   Rôle tenu par Mademoiselle de Brie.

4   Rôle tenu par Mademoiselle Molière, c'est-à-dire Armande Béjart.

5   *Ariste*, en grec (*aristos*), c'est le meilleur, le très bon. Baron, qui n'avait
    que dix-neuf ans, jouait ce rôle.

6   Le nom de *Bélise* se rencontrait dans la littérature, pour désigner des
    précieuses (Somaize, *Dictionnaire des précieuses*) ou quelque coquette
    impitoyable avec ses amants (chez Voiture). – Rôle tenu par Geneviève
    Béjart, belle-sœur de Molière.

7   *Clitandre*, toujours d'après l'étymologie grecque – il ne pouvait en être
    autrement chez des femmes savantes qui ont l'amour du grec ! – c'est
    l'homme illustre. *Amant* d'Henriette, car il lui a déclaré ses sentiments
    amoureux. – Rôle tenu par La Grange.

8   La Thorillière tenait ce rôle du « trois fois sot » (Trissotin), que Molière
    avait d'abord appelé *Tricotin*, par allusion trop claire à sa cible Cotin. Le
    bel esprit se distingue par la politesse de ses discours et de ses ouvrages,
    s'il écrit ; mais le mot, comme il le sera ici pour Trissotin, est souvent
    employé ironiquement.

VADIUS[9], savant.
MARTINE, servante de cuisine.
L'ÉPINE, laquais de Trissotin.
JULIEN, valet de Vadius
LE NOTAIRE.

La scène est à Paris[10].

---

9   Du Croisy jouait ce savant en *–us*, comme il se doit, dont le modèle était
     le savant Gilles Ménage (ou *Aegidius Menagius* dans les cercles savants).
10   Dans une salle de la maison de Chrysale.

LES FEMMES SÇAVANTES

Comédie

ACTE PREMIER

Scène PREMIÈRE
ARMANDE, HENRIETTE

ARMANDE

Quoi, le beau nom de fille[11] est un titre, ma sœur,
Dont vous voulez quitter la charmante[12] douceur ?
Et de vous marier vous osez faire fête[13] ?
Ce vulgaire[14] dessein vous peut monter en tête ?

HENRIETTE

5   Oui, ma sœur.

ARMANDE   [A] [2]

Ah ! ce « oui » se peut-il supporter ?
Et sans un mal de cœur saurait-on l'écouter ?

---

11   Une *fille* est une jeune fille qui n'est pas mariée.
12   *Charmant*, au sens fort : qui agit comme un charme, avec une puissance quasi magique.
13   *Faire fête de*, c'est se réjouir beaucoup.
14   Est *vulgaire*, ce qui est banal, commun (sans idée de grossièreté).

HENRIETTE

Qu'a donc le mariage en soi qui vous oblige[15],
Ma sœur... ?

ARMANDE

Ah ! mon Dieu, fi !

HENRIETTE

                          Comment ?

ARMANDE

                                    Ah ! fi, vous
                                    [dis-je !
Ne concevez-vous point ce que, dès qu'on l'entend,
10   Un tel mot à l'esprit offre de dégoûtant ?
De quelle étrange[16] image on est par lui blessée ?
Sur quelle sale vue il traîne la pensée ?
N'en frissonnez-vous point ? et pouvez-vous, ma sœur,
Aux suites de ce mot résoudre votre cœur ?

HENRIETTE

15   Les suites de ce mot, quand je les envisage,
Me font voir un mari, des enfants, un ménage ;
Et je ne vois rien là, si j'en puis raisonner,
Qui blesse la pensée, et fasse frissonner.

ARMANDE

De tels attachements, ô Ciel ! sont pour vous plaire ?

HENRIETTE

20   Et qu'est-ce qu'à mon âge on a de mieux à faire,

---

15   Il faut suppléer la phrase interrompue : *qui vous oblige* à mépriser si fort
le mariage.
16   *Étrange* : scandaleux.

Que d'attacher à soi, par le titre d'époux,
Un homme qui vous aime, et soit aimé de vous,
Et de cette union, de tendresse suivie[17],
Se faire les douceurs d'une innocente vie ?
25   Ce nœud, bien assorti[18], n'a-t-il pas des appâts ?

ARMANDE

Mon Dieu, que votre esprit est d'un étage[19] bas !
Que vous jouez au monde un petit personnage, [3]
De vous claquemurer[20] aux choses du ménage,
Et de n'entrevoir point de plaisirs plus touchants
30   Qu'un idole[21] d'époux et des marmots d'enfants !
Laissez aux gens grossiers[22], aux personnes vulgaires,
Les bas amusements[23] de ces sortes d'affaires.
À de plus hauts objets élevez vos désirs,
Songez à prendre un goût des plus nobles plaisirs[24],
35   Et traitant de mépris[25] les sens et la matière,
À l'esprit comme nous donnez-vous toute entière.
Vous avez notre mère en exemple à vos yeux,
Que du nom de savante on honore en tous lieux ;
Tâchez ainsi que moi de vous montrer sa fille,

---

17   Accompagnée de tendresse.
18   Cette union, où les époux se conviennent à tous les égards.
19   *Étage*, au figuré : niveau, rang.
20   *Claquemurer* : « Terme populaire qui signifie enfermer dans une prison étroite », dit Furetière, qui donne l'exemple du cloître.
21   Le mot est alors indifféremment masculin ou féminin. Il désigne un être qui n'éprouve ou n'inspire aucun sentiment ou qui n'exerce aucune action, une personne terne et sans esprit.
22   Comme *vulgaire*, *grossier* revoie à la médiocrité commune de gens peu civilisés, sans élégance.
23   *Amusement* : passe-temps, occupation.
24   Songez à pendre du goût pour des plaisirs plus nobles, comme ceux de l'esprit.
25   Traitant avec mépris.

40   Aspirez aux clartés qui sont dans la famille,
     Et vous rendez sensible aux charmantes[26] douceurs
     Que l'amour de l'étude épanche dans les cœurs.
     Loin d'être aux lois d'un homme en esclave asservie,
     Mariez-vous, ma sœur, à la philosophie,
45   Qui nous monte[27] au-dessus de tout le genre humain,
     Et donne à la raison l'empire souverain,
     Soumettant à ses lois la partie animale[28],
     Dont l'appétit grossier aux bêtes nous ravale.
     Ce sont là les beaux feux, les doux attachements,
50   Qui doivent de la vie occuper les moments ;
     Et les soins[29] où je vois tant de femmes sensibles
     Me paraissent aux yeux des pauvretés horribles.

                        HENRIETTE
     Le Ciel, dont nous voyons que l'ordre est
                                        [tout-puissant,
     Pour différents emplois nous fabrique en naissant ;
55   Et tout esprit n'est pas composé d'une étoffe
     Qui se trouve taillée à faire un philosophe.
     Si le vôtre est né propre aux élévations[30]
     Où montent des savants les spéculations,
     Le mien est fait, ma sœur, pour aller terre à
                                        [terre, [A ij] [4]
60   Et dans les petits soins son faible se resserre[31].
     Ne troublons point du Ciel les justes règlements,

---

26   Voir au vers 2.
27   Qui nous élève.
28   La *partie animale* est la partie sensuelle, charnelle de l'homme, dont la
     partie raisonnable est l'intelligence (Furetière).
29   *Soin* : occupation.
30   *Élévations* : hautes considérations morales ou philosophiques.
31   Et dans les petites occupations (*soins*) sa faiblesse (son *faible*) se confine
     (*se resserre*).

Et de nos deux instincts suivons les mouvements ;
Habitez, par l'essor d'un grand et beau génie[32],
Les hautes régions de la philosophie,
65 Tandis que mon esprit, se tenant ici-bas,
Goûtera de l'hymen les terrestres appâts.
Ainsi dans nos desseins l'une à l'autre contraire,
Nous saurons toutes deux imiter notre mère[33] :
Vous, du côté de l'âme et des nobles désirs,
70 Moi, du côté des sens et des grossiers plaisirs ;
Vous, aux productions d'esprit et de lumière,
Moi, dans celles, ma sœur, qui sont de la matière.

ARMANDE

Quand sur une personne on prétend se régler,
C'est par les beaux côtés qu'il lui faut ressembler ;
75 Et ce n'est point du tout la prendre pour modèle,
Ma sœur, que de tousser et de cracher comme elle.

HENRIETTE

Mais vous ne seriez pas ce dont vous vous vantez,
Si ma mère n'eût eu que de ces beaux côtés ;
Et bien vous prend, ma sœur, que son noble génie[34]
80 N'ait pas vaqué toujours à la philosophie.
De grâce, souffrez-moi par un peu de bonté
Des bassesses à qui vous devez la clarté[35] ;
Et ne supprimez point, voulant qu'on vous seconde[36],
Quelque petit savant qui veut venir au monde.

---

32 Le *génie* désigne les aptitudes naturelles, les dispositions innées.
33 Bien que contraires dans nos choix, nous imiterons toutes les deux notre mère, par un de ses côtés.
34 Ses hautes (*noble*) qualités naturelles (*génie*).
35 Supportez (*souffrez*) que je m'abandonne aux bassesses du mariage – ce genre de bassesses auxquelles s'adonna aussi notre mère et auxquelles vous devez la vie (la *clarté*).
36 *Seconder* : suivre, imiter, égaler.

ARMANDE

85   Je vois que votre esprit ne peut être guéri
        Du fol entêtement de vous faire un mari.
        Mais sachons, s'il vous plaît, qui vous songez à
                                              [prendre.
        Votre visée au moins n'est pas mise[37] à Clitandre ?

HENRIETTE   [5]

        Et par quelle raison n'y serait-elle pas ?
90   Manque-t-il de mérite ? est-ce un choix qui soit bas ?

ARMANDE

        Non, mais c'est un dessein qui serait malhonnête,
        Que de vouloir d'un autre[38] enlever la conquête ;
        Et ce n'est pas un fait dans le monde ignoré
        Que Clitandre ait pour moi hautement[39] soupiré.

HENRIETTE

95   Oui, mais tous ces soupirs chez vous sont choses
                                              [vaines,
        Et vous ne tombez point aux bassesses humaines ;
        Votre esprit à l'hymen renonce pour toujours,
        Et la philosophie a toutes vos amours.
        Ainsi, n'ayant au cœur nul dessein pour Clitandre,
100   Que vous importe-t-il qu'on y puisse prétendre ?

ARMANDE

        Cet empire que tient la raison sur les sens
        Ne fait pas renoncer aux douceurs des encens[40] ;

---

37 *Mettre sa visée à* : porter son dévolu sur.
38 *Un autre* est constant pour *une autre*.
39 *Hautement* : franchement et publiquement.
40 *Encens* : hommages et flatteries d'un amoureux, d'un adorateur.

Et l'on peut pour époux refuser un mérite[41]
Que pour adorateur on veut bien à sa suite.

HENRIETTE

105 Je n'ai pas empêché qu'à vos perfections
Il n'ait continué ses adorations[42];
Et je n'ai fait que prendre, au refus de votre âme,
Ce qu'est venu m'offrir l'hommage de sa flamme.

ARMANDE

Mais à l'offre des vœux d'un amant dépité
110 Trouvez-vous, je vous prie, entière sûreté ?
Croyez-vous pour vos yeux sa passion[43] bien forte,
Et qu'en son cœur pour moi toute flamme soit morte ?

HENRIETTE

Il me le dit, ma sœur, et pour moi je le crois.

ARMANDE

Ne soyez pas, ma sœur, d'une si bonne foi[44],
115 Et croyez, quand il dit qu'il me quitte et vous
[aime, [A iij] [6]
Qu'il n'y songe pas bien, et se trompe lui-même.

HENRIETTE

Je ne sais. Mais enfin, si c'est votre plaisir,
Il nous est bien aisé de nous en éclaircir.
Je l'aperçois qui vient, et sur cette matière
120 Il pourra nous donner une pleine lumière.

---

41 Un homme de mérite.
42 Deux diérèses significatives à la rime.
43 Diérèse, peut-être en réplique ironique à celles des vers 105-106.
44 D'une si grande crédulité.

Scène 2

CLITANDRE, ARMANDE, HENRIETTE

HENRIETTE

Pour me tirer d'un doute où me jette ma sœur,
Entre elle et moi, Clitandre, expliquez[45] votre cœur ;
Découvrez-en le fond, et nous daignez apprendre
Qui de nous à vos vœux est en droit de prétendre.

ARMANDE

125 Non, non, je ne veux point à votre passion
Imposer la rigueur d'une explication ;
Je ménage les gens, et sais comme embarrasse
Le contraignant effort[46] de ces aveux en face.

CLITANDRE

Non, Madame, mon cœur qui dissimule peu,
130 Ne sent nulle contrainte à faire un libre aveu ;
Dans aucun embarras un tel pas[47] ne me jette,
Et j'avouerai tout haut d'une âme franche et nette,
Que les tendres liens où je suis arrêté,
Mon amour et mes vœux sont tout de ce côté[48].
135 Qu'à nulle émotion cet aveu ne vous porte ;
Vous avez bien voulu les choses de la sorte,
Vos attraits m'avaient pris, et mes tendres soupirs [7]
Vous ont assez prouvé l'ardeur de mes désirs.
Mon cœur vous consacrait une flamme immortelle,
140 Mais vos yeux n'ont pas cru leur conquête assez belle ;

---

45 *Expliquer* : découvrir, manifester, déclarer nettement.
46 *Effort* : violence.
47 Une telle démarche.
48 Sont entièrement (*tout*) de ce côté ; et Clitandre fait le geste de montrer
Henriette.

J'ai souffert sous leur joug cent mépris différents,
Ils régnaient sur mon âme en superbes[49] tyrans,
Et je me suis cherché, lassé de tant de peines,
Des vainqueurs plus humains, et de moins rudes
                                        [chaînes.

145   Je les ai rencontrés, Madame, dans ces yeux[50],
Et leurs traits[51] à jamais me seront précieux ;
D'un regard pitoyable[52] ils ont séché mes larmes,
Et n'ont pas dédaigné le rebut de vos charmes[53] ;
De si rares[54] bontés m'ont si bien su toucher,

150   Qu'il n'est rien qui me puisse à mes fers[55] arracher ;
Et j'ose maintenant vous conjurer, Madame,
De ne vouloir tenter nul effort[56] sur ma flamme,
De ne point essayer à rappeler un cœur
Résolu de mourir dans cette douce ardeur.

ARMANDE

155   Eh ! qui vous dit, Monsieur, que l'on ait cette envie,
Et que de vous enfin si fort on se soucie ?
Je vous trouve plaisant[57], de vous le figurer,
Et bien impertinent[58] de me le déclarer.

---

49 *Superbes* : orgueilleux, hautains.
50 Clitandre continu de s'adresser à Armande, mais les yeux qu'il montre
    avec le déictique sont ceux d'Henriette.
51 Les *traits* sont les flèches lancées par les yeux d'Henriette. Clitandre
    emploie, dans toute sa tirade, le langage galant convenu.
52 *Pitoyable* : compatissant.
53 Clitandre est le *rebut des charmes* d'Armande (sens fort de *charmes*), qui
    a méprisé son amour.
54 *Rare* : extraordinaire.
55 Les *fers* désignant la servitude de l'amoureux, prisonnier de sa dame et
    à elle soumis. Toujours le langage galant traditionnel.
56 Voir au vers 128.
57 Celui qui est *plaisant* est celui qui fait rire à ses dépens.
58 *L'impertinent* agit mal à propos, sottement.

HENRIETTE

Eh ! doucement, ma sœur. Où donc est la morale
160 Qui sait si bien régir la partie animale,
Et retenir la bride aux efforts[59] du courroux ?

ARMANDE

Mais vous qui m'en parlez, où la pratiquez-vous,
De répondre[60] à l'amour que l'on vous fait paraître
Sans le congé de ceux qui vous ont donné l'être[61] ?
165 Sachez que le devoir vous soumet à leurs lois,
Qu'il ne vous est permis d'aimer que par leur choix,
Qu'ils ont sur votre cœur l'autorité suprême, [A iiij] [8]
Et qu'il est criminel[62] d'en disposer vous-même.

HENRIETTE

Je rends grâce aux bontés que vous me faites voir
170 De m'enseigner si bien les choses du devoir ;
Mon cœur sur vos leçons veut régler sa conduite,
Et pour vous faire voir, ma sœur, que j'en profite,
Clitandre, prenez soin d'appuyer votre amour
De l'agrément de ceux dont j'ai reçu le jour ;
175 Faites-vous sur mes vœux un pouvoir légitime,
Et me donnez moyen de vous aimer sans crime.

CLITANDRE

J'y vais de tous mes soins travailler hautement[63],
Et j'attendais de vous ce doux consentement.

---

59 Voir aux vers 152 et 128.
60 Vous qui répondez.
61 Armande reproche à sa sœur de ne pas suivre, elle non plus, la morale,
    qui voudrait qu'une fille ne réponde pas à l'amour qu'on lui montre
    sans la permission, sans le *congé* de ses parents.
62 Et que c'est une faute grave (*crime*) ; voir le vers 176.
63 Voir au vers 94.

ARMANDE

Vous triomphez, ma sœur, et faites une mine
180   À vous imaginer[64] que cela me chagrine[65].

HENRIETTE

Moi, ma sœur, point du tout ; je sais que sur vos sens
Les droits de la raison sont toujours tout-puissants,
Et que par les leçons qu'on prend dans la sagesse,
Vous êtes au-dessus d'une telle faiblesse.
185   Loin de vous soupçonner d'aucun chagrin, je crois
Qu'ici vous daignerez vous employer pour moi,
Appuyer sa demande, et de votre suffrage[66]
Presser l'heureux moment de notre mariage.
Je vous en sollicite ; et pour y travailler...

ARMANDE

190   Votre petit esprit se mêle de railler,
Et d'un cœur qu'on vous jette on vous voit toute
                                                    [fière.

HENRIETTE

Tout jeté qu'est ce cœur, il ne vous déplaît guère ;
Et si vos yeux sur moi le pouvaient ramasser,
Ils prendraient aisément le soin de se baisser.

ARMANDE   [9]
195   À répondre à cela je ne daigne descendre,
Et ce sont sots discours qu'il ne faut pas entendre.

---

64 Vous donnez visiblement l'impression que vous vous imaginez.
65 *Chagriner* : irriter (sens plus fort qu'à l'heure actuelle).
66 *Suffrage* : approbation, appui.

HENRIETTE

C'est fort bien fait à vous, et vous nous faites voir
Des modérations qu'on ne peut concevoir[67].

Scène 3
CLITANDRE, HENRIETTE

HERNRIETTE

Votre sincère aveu ne l'a pas peu surprise.

CLITANDRE

200   Elle mérite assez une telle franchise,
Et toutes les hauteurs de sa folle fierté[68]
Sont dignes tout au moins de ma sincérité.
Mais puisqu'il m'est permis, je vais à votre père,
Madame…

HENRIETTE

          Le plus sûr est de gagner ma mère :
205   Mon père est d'une humeur à consentir à tout,
Mais il met peu de poids aux choses qu'il résout[69] ;
Il a reçu du Ciel certaine bonté d'âme,
Qui le soumet d'abord[70] à ce que veut sa femme ;
C'est elle qui gouverne, et d'un ton absolu
210   Elle dicte pour loi ce qu'elle a résolu.
Je voudrais bien vous voir pour elle, et pour ma tante,

---

67   Raillerie d'Henriette, car Armande n'a absolument pas modéré son
     dépit ni sa colère, au contraire ; ses modérations sont effectivement
     inconcevables, incroyables et fort étonnantes !
68   *Fierté* : dureté.
69   Il n'appuie gère ce qu'il résout, il ne met pas en application ses décisions
     et volontés.
70   *D'abord* : aussitôt.

Une âme, je l'avoue, un peu plus complaisante,
Un esprit qui, flattant les visions[71] du leur,
Vous pût de leur estime attirer la chaleur.

CLITANDRE   [10]

215   Mon cœur n'a jamais pu, tant il est né sincère,
Même dans votre sœur flatter leur caractère,
Et les femmes docteurs ne sont point de mon goût.
Je consens qu'une femme ait des clartés[72] de tout,
Mais je ne lui veux point la passion[73] choquante
220   De se rendre savante afin d'être savante ;
Et j'aime que souvent, aux questions qu'on fait,
Elle sache ignorer les choses qu'elle sait ;
De son étude enfin je veux qu'elle se cache,
Et qu'elle ait du savoir sans vouloir qu'on le sache,
225   Sans citer les auteurs, sans dire de grands mots,
Et clouer de l'esprit à ses moindres propos.
Je respecte beaucoup Madame votre mère,
Mais je ne puis du tout approuver sa chimère,
Et me rendre l'écho des choses qu'elle dit,
230   Aux encens[74] qu'elle donne à son héros d'esprit.
Son Monsieur Trissotin me chagrine[75], m'assomme,
Et j'enrage de voir qu'elle estime un tel homme,
Qu'elle nous mette au rang des grands et beaux
                                          [esprits
Un benêt dont partout on siffle les écrits,

---

71   *Visions* : idées chimériques.
72   *Clartés* : ensemble des connaissances.
73   La diérèse souligne la condamnation par Clitandre de l'acharnement à
     des femmes à vouloir devenir des savantes.
74   Je ne puis faire écho, approuver ce qu'elle dit quand elle encense, quand
     elle couvre de louanges Trissotin, qu'elle a fait son héros intellectuel,
     quant à l'esprit.
75   *Chagriner* : irriter.

235   Un pédant dont on voit la plume libérale
       D'officieux papiers fournir toute la halle[76].

                        HENRIETTE
       Ses écrits, ses discours, tout m'en semble ennuyeux,
       Et je me trouve assez votre goût et vos yeux.
       Mais comme sur ma mère il a grande puissance,
240   Vous devez vous forcer à quelque complaisance.
       Un amant fait sa cour où s'attache son cœur,
       Il veut de tout le monde y[77] gagner la faveur ;
       Et pour n'avoir personne à sa flamme contraire[78],
       Jusqu'au chien du logis il s'efforce de plaire[79].

                        CLITANDRE   [11]
245   Oui, vous avez raison ; mais Monsieur Trissotin
       M'inspire au fond de l'âme un dominant chagrin[80].
       Je ne puis consentir, pour gagner ses suffrages,
       À me déshonorer, en prisant ses ouvrages ;
       C'est par eux qu'à mes yeux il a d'abord paru,
250   Et je le connaissais avant que l'avoir vu[81].
       Je vis, dans le fatras[82] des écrits qu'il nous donne,
       Ce qu'étale en tous lieux sa pédante personne :
       La constante hauteur de sa présomption ;

---

76   Ce pédant écrit et publie beaucoup, et il fournit ainsi avec générosité
     (avec sa *plume libérale*) aux marchands des halles des papiers qui rendent
     service (*officieux*) pour emballer leurs marchandises !
77   *Y* : dans l'endroit, dans la maison, dans la famille où se trouve celle
     qu'il aime.
78   *Contraire* : opposé.
79   La plaisanterie vient de Plaute (*Asinaria*, vers 183-185) ; elle avait été
     reprise par La Fontaine dans son conte de « La Mandragore ».
80   Une irritation qui me domine.
81   Avant que de l'avoir vu. Clitandre a lu des ouvrages de Trissotin avant
     de le voir en chair et en os.
82   *Fatras* : bagatelles, balivernes, choses de peu d'importance.

Cette intrépidité de bonne opinion ;
255   Cet indolent état de confiance extrême[83],
Qui le rend en tout temps si content de soi-même,
Qui fait qu'à son mérite incessamment il rit[84],
Qu'il se sait si bon gré de tout ce qu'il écrit ;
Et qu'il ne voudrait pas changer sa renommée
260   Contre tous les honneurs d'un général d'armée.

HENRIETTE

C'est avoir de bons yeux, que de voir tout cela.

CLITANDRE

Jusques à sa figure encor la chose alla,
Et je vis par les vers qu'à la tête il nous jette,
De quel air il fallait que fût fait le poète ;
265   Et j'en avais si bien deviné tous les traits,
Que rencontrant un homme un jour dans le Palais[85],
Je gageai que c'était Trissotin en personne,
Et je vis qu'en effet la gageure était bonne.

HENRIETTE

Quel conte !

CLITANDRE

        Non, je dis la chose comme elle est.
270   Mais je vois votre tante. Agréez, s'il vous plaît,

---

83   Vers 254 : cette vanité (cette *bonne opinion* de soi) sans crainte, sans recul,
sans réticence. Vers 255 : cette confiance en soi sans inquiétude (c'est
le sens alors de l'adjectif *indolent*). Les œuvres publiées de l'abbé Cotin
marquaient en effet cette sorte de vanité.

84   Continuellement (*incessamment*), Trissotin rit de satisfaction de
contentement de soi.

85   C'est dans les galeries du palais de justice de Paris que siégeaient nombre
de libraires-imprimeurs. Le lieu était évidemment fréquenté par les
auteurs comme par les lecteurs.

Que mon cœur lui déclare ici notre mystère,
Et gagne sa faveur auprès de votre mère.

Scène 4   [12]
CLITANDRE, BÉLISE

CLITANDRE

Souffrez[86], pour vous parler, Madame, qu'un amant
Prenne l'occasion de cet heureux moment,
275 Et se découvre à vous de la sincère flamme...

BÉLISE

Ah ! tout beau, gardez-vous de m'ouvrir trop votre
[âme :
Si je vous ai su mettre au rang de mes amants,
Contentez-vous des yeux pour vos seuls truchements[87],
Et ne m'expliquer[88] point par un autre langage
280 Des désirs qui chez moi passent pour un outrage ;
Aimez-moi, soupirez, brûlez pour mes appas,
Mais qu'il me soit permis de ne le savoir pas.
Je puis fermer les yeux sur vos flammes secrètes,
Tant que vous vous tiendrez aux muets interprètes ;
285 Mais si la bouche vient à s'en vouloir mêler,
Pour jamais de ma vue il vous faut exiler[89].

CLITANDRE

Des projets de mon cœur ne prenez point d'alarme ;

---

86 Permettez.
87 Les yeux seuls interprètes (*truchements*) et interprètes muets des senti-
    ments : langage précieux.
88 Pour *expliquer*, voir au vers 122.
89 « Je dois vous exiler » ou « vous devez vous exiler ».

Henriette, Madame, est l'objet qui me charme[90],
Et je viens ardemment conjurer vos bontés
290   De seconder l'amour que j'ai pour ses beautés.

BÉLISE

Ah ! certes le détour est d'esprit, je l'avoue ;
Ce subtil faux-fuyant mérite qu'on le loue ;
Et dans tous les romans où j'ai jeté les yeux,
Je n'ai rien rencontré de plus ingénieux.

CLITANDRE   [13]

295   Ceci n'est point du tout un trait d'esprit, Madame,
Et c'est un pur aveu de ce que j'ai dans l'âme.
Les Cieux, par les liens d'une immuable ardeur,
Aux beautés d'Henriette ont attaché mon cœur ;
Henriette me tient sous son aimable empire[91],
300   Et l'hymen d'Henriette est le bien où j'aspire ;
Vous y pouvez beaucoup, et tout ce que je veux,
C'est que vous y daigniez favoriser mes vœux.

BÉLISE

Je vois où doucement veut aller la demande,
Et je sais sous ce nom ce qu'il faut que j'entende ;
305   La figure[92] est adroite, et pour n'en point sortir,

---

90   *Charmer* : tenir comme sous un pouvoir magique.
91   Sous le pouvoir de son amour.
92   La *figure* est ce qui se voit, à l'extérieur. Pour Bélise, l'amour que Clitandre
      dit porter à Henriette n'est qu'une *figure* extérieure qui cache, qui
      symbolise, qui voile la réalité : l'amour de Clitandre pour Bélise. Sous
      cette figure, Clitandre aime en réalité Bélise. Le XVIIe siècle de Pascal
      était habitué à l'interprétation figurative de l'Ancien Testament, où les
      épisodes narrés étaient considérés comme des figures voilant une signi-
      fication profonde, qui a rapport avec le Nouveau Testament, c'est-à-dire
      avec le Christ et l'Église.

Aux choses que mon cœur m'offre à vous repartir[93],
Je dirai qu'Henriette à l'hymen est rebelle,
Et que sans rien prétendre il faut brûler pour elle[94].

CLITANDRE

Eh ! Madame, à quoi bon un pareil embarras[95] ?
310   Et pourquoi voulez-vous penser ce qui n'est pas ?

BÉLISE

Mon Dieu, point de façons ; cessez de vous défendre
De ce que vos regards m'ont souvent fait entendre ;
Il suffit que l'on est contente du détour
Dont s'est adroitement avisé votre amour,
315   Et que, sous la figure où le respect l'engage,
On veut bien se résoudre à souffrir son hommage,
Pourvu que ses transports, par l'honneur éclairés,
N'offrent à mes autels que des vœux épurés[96].

CLITANDRE

Mais…

BÉLISE

Adieu. Pour ce coup ceci doit vous suffire,
320   Et je vous ai plus dit que je ne voulais dire.

---

93 En ce qui concerne ce que mon cœur peut vous répondre (*repartir*).
94 Dans l'esprit de la folle Bélise, il faut, dans ces deux vers, remplacer Henriette (la figure) par Bélise elle-même (la réalité que cache la figure), autrement dit : que Clitandre aime Bélise sans espoir.
95 *Embarras* : confusion.
96 Bien persuadée qu'en parlant de son amour pour Henriette, Clitandre, par un détour, veut parler de son amour pour elle, Bélise, celle-ci accepte cet amour mais le veut pur, comme dit l'avoir voulu Armande.

CLITANDRE   [14]

Mais votre erreur...

BÉLISE

Laissez, je rougis maintenant
Et ma pudeur s'est fait un effort surprenant.

CLITANDRE

Je veux être pendu, si je vous aime, et sage...

BÉLISE

Non, non, je ne veux rien entendre davantage.

CLITANDRE

325   Diantre soit de la folle avec ses visions !
A-t-on rien vu d'égal à ces préventions[97] ?
Allons commettre[98] un autre au soin que l'on me
                                                    [donne,
Et prenons le secours d'une sage personne.

Fin du premier acte.

---

97 Deux diérèses intéressantes à la rime. Pour les *visions*, voir au vers 213.
98 *Commettre quelqu'un* : préposer quelqu'un à quelque chose, le charger de
    quelque chose. Clitandre va en effet s'adresser à Ariste pour présenter
    sa demande à Chrysale – ce qui se fait dans l'entracte.

ACTE II   [15]

Scène PREMIÈRE

ARISTE[99]

Oui, je vous porterai la réponse au plus tôt ;
330 J'appuierai, presserai, ferai tout ce qu'il faut.
Qu'un amant, pour un mot, a de choses à dire[100] !
Et qu'impatiemment il veut ce qu'il désire !
Jamais…

Scène 2

CHRYSALE, ARISTE

ARISTE

Ah ! Dieu vous gard'[101], mon frère.

CHRYSALE

                                             Et vous aussi,
Mon frère.

ARISTE

Savez-vous ce qui m'amène ici ?

CHRYSALE   [16]

335 Non ; mais si vous voulez, je suis prêt à l'apprendre.

---

99   Ariste s'adresse à Clitandre, qui est hors-scène ou visible dans
     l'éloignement.
100 On peut comprendre que, parlant de son seul amour (*pour un mot*), un
     amant est très volubile ; ou que, pour obtenir l'accord des parents à sa
     demande en mariage, pour le seul mot de *oui* – qu'Ariste est chargé de
     lui obtenir – il a beaucoup à dire, beaucoup de recommandations à faire.
101 Formule de salut (pour *Dieu vous garde*).

ARISTE

Depuis assez longtemps vous connaissez Clitandre ?

CHRYSALE

Sans doute[102], et je le vois qui fréquente chez nous[103].

ARISTE

En quelle estime est-il, mon frère, auprès de vous ?

CHRYSALE

D'homme d'honneur, d'esprit, de cœur, et de
                                    [conduite,
340   Et je vois peu de gens qui soient de son mérite.

ARISTE

Certain désir qu'il a conduit ici mes pas,
Et je me réjouis que vous en fassiez cas.

CHRYSALE

Je connus feu son père en mon voyage à Rome.

ARISTE

Fort bien.

CHRYSALE

C'était, mon frère, un fort bon gentilhomme[104].

ARISTE

345   On le dit.

---

102 Oui, assurément.
103 *Fréquenter chez quelqu'un* : y aller habituellement.
104 Un noble d'ancienne et bonne souche.

CHRYSALE

Nous n'avions alors que vingt-huit ans,
Et nous étions, ma foi, tous deux de verts galants[105].

ARISTE

Je le crois.

CHRYSALE

Nous donnions chez les dames romaines[106],
Et tout le monde là parlait de nos fredaines ;
Nous faisions des jaloux.

ARISTE

Voilà qui va des mieux.
350   Mais venons au sujet qui m'amène en ces lieux.

Scène 3   [17]
BÉLISE[107], CHRYSALE, ARISTE

ARISTE

Clitandre auprès de vous me fait son interprète,
Et son cœur est épris des grâces d'Henriette.

CHRYSALE

Quoi, de ma fille ?

---

105 Le *vert galant* est un jeune homme entreprenant auprès des femmes.
106 Deux sens théoriquement possibles et non contradictoires : nous fréquen-
     tions assidûment et avec passion les dames de Rome (comme *donner dans*,
     donner chez marquerait une inclination) ; nous nous lancions à l'assaut
     (autre sens de *donner*) des dames de Rome. Le vers suivant confirme cette
     solution galante.
107 Elle entre sur scène sans que ses frères la remarquent.

ARISTE

Oui, Clitandre en est charmé[108],
Et je ne vis jamais amant plus enflammé.

BÉLISE[109]

355 Non, non ; je vous entends, vous ignorez l'histoire,
Et l'affaire n'est pas ce que vous pouvez croire.

ARISTE

Comment, ma sœur ?

BÉLISE

Clitandre abuse vos esprits,
Et c'est d'un autre objet que son cœur est épris.

ARISTE

Vous raillez. Ce n'est pas Henriette qu'il aime ?

BÉLISE

360 Non, j'en suis assurée.

ARISTE

Il me l'a dit lui-même.

BÉLISE

Eh, oui !

ARISTE

Vous me voyez, ma sœur, chargé par lui
D'en faire la demande à son père aujourd'hui.

---

108 Comme sous l'effet d'une puissance magique, d'un charme ; voir au vers
     290 et *passim charme, charmer, charmé*, avec toujours ce sens fort.
109 Bélise s'adresse évidemment à Ariste.

BÉLISE   [B] [18]

Fort bien.

ARISTE

Et son amour même m'a fait instance[110]
De presser les moments d'une telle alliance.

BÉLISE

365 Encore mieux. On ne peut tromper plus galamment[111].
Henriette, entre nous, est un amusement[112],
Un voile[113] ingénieux, un prétexte, mon frère,
À couvrir d'autres feux dont je sais le mystère ;
Et je veux bien tous deux vous mettre hors d'erreur.

ARISTE

370 Mais puisque vous savez tant de choses, ma sœur,
Dites-nous, s'il vous plaît, cet autre objet qu'il aime.

BÉLISE

Vous le voulez savoir ?

ARISTE

Oui. Quoi ?

BÉLISE

Moi.

---

110 *Instance* : prière, sollicitation. Comprendre : Clitandre amoureux m'a
     prié instamment de favoriser et de hâter son mariage avec Henriette.
111 *Galamment* : avec habileté et élégance.
112 Une diversion.
113 En I, 4, Bélise disait *figure* ; *voile*, également du langage exégétique, a le
     même sens.

ARISTE

Vous ?

BÉLISE

Moi-même.

ARISTE

Hay ! ma sœur.

BÉLISE

Qu'est-ce donc que veut dire ce
                    {« Hay »,
Et qu'a de surprenant le discours que je fais ?
370   On est faite d'un air, je pense, à pouvoir dire
Qu'on n'a pas pour un cœur[114] soumis à son empire ;
Et Dorante, Damis, Cléonte et Lycidas
Peuvent bien faire voir qu'on a quelques appas.

ARISTE   [19]

Ces gens vous aiment ?

BÉLISE

Oui, de toute leur puissance.

ARISTE

380   Ils vous l'ont dit ?

BÉLISE

Aucun n'a pris cette licence ;
Ils m'ont su révérer si fort jusqu'à ce jour,
Qu'ils ne m'ont jamais dit un mot de leur amour.
Mais pour m'offrir leur cœur, et vouer leur service,

---

114 Qu'on n'a pas seulement un cœur, qu'on a plus d'un cœur.

Les muets truchements[115] ont tous fait leur office.

ARISTE

385   On ne voit presque point céans venir Damis.

BÉLISE

C'est pour me faire voir un respect plus soumis.

ARISTE

De mots piquants partout Dorante vous outrage.

BÉLISE

Ce sont emportements d'une jalouse rage.

ARISTE

Cléonte et Lycidas ont pris femme tous deux.

BÉLISE

390   C'est par un désespoir où j'ai réduit leurs feux.

ARISTE

Ma foi ! ma chère sœur, vision toute claire.

CHRYSALE

De ces chimères-là vous devez vous défaire.

BÉLISE

Ah ! chimères ! Ce sont des chimères, dit-on !
Chimères, moi[116] ! Vraiment chimères est fort bon !
395   Je me réjouis fort de chimères, mes frères,
Et je ne savais pas que j'eusse des chimères.

---

115 Un *truchement* est un interprète ; au figuré, le mot désigne ce qui traduit
la pensée ou les sentiments.
116 Moi, avoir des chimères !

Scène 4
CHRYSALE, ARISTE

CHRYSALE

Notre sœur est folle, oui.

ARISTE

                              Cela croît tous les jours.
Mais, encore une fois, reprenons le discours[117].
Clitandre vous demande Henriette pour femme ;
400   Voyez quelle réponse on doit faire à sa flamme.

CHRYSALE

Faut-il le demander ? J'y consens de bon cœur,
Et tiens[118] son alliance à singulier honneur.

ARISTE

Vous savez que de bien il n'a pas l'abondance,
Que…

CHRYSALE

                    C'est un intérêt[119] qui n'est pas d'importance ;
405   Il est riche en vertu, cela vaut des trésors,
Et puis son père et moi n'étions qu'un en deux corps.

ARISTE

Parlons à votre femme, et voyons à la rendre
Favorable…

---

117 Reprenons le cours de notre conversation.
118 *Tenir à* : regarder comme.
119 *Intérêt* : question, point de vue. La question du bien de Clitandre est
    sans importance.

CHRYSALE
Il suffit : je l'accepte pour gendre.

ARISTE
Oui ; mais pour appuyer votre consentement,
410   Mon frère, il n'est pas mal d'avoir son agrément ;
Allons…

CHRYSALE   [21]
Vous moquez-vous ? Il n'est pas nécessaire,
Je réponds de ma femme, et prends sur moi l'affaire.

ARISTE
Mais…

CHRYSALE
Laissez faire, dis-je, et n'appréhendez pas.
Je la vais disposer aux choses de ce pas.

ARISTE
415   Soit. Je vais là-dessus sonder votre Henriette,
Et reviendrai savoir…

CHRYSALE
C'est une affaire faite,
Et je vais à ma femme en parler sans délai.

Scène 5
MARTINE, CHRYSALE

MARTINE
Me voilà bien chanceuse ! Hélas ! l'an[120] dit bien vrai :

---

120 Déformation paysanne pour *l'on*.

Qui veut noyer son chien, l'accuse de la rage,
420   Et service d'autrui n'est pas un héritage[121].

CHRYSALE

Qu'est-ce donc ? Qu'avez-vous, Martine ?

MARTINE

Ce que j'ai ?

CHRYSALE

Oui.

MARTINE

J'ai que l'an me donne aujourd'hui mon congé,
Monsieur.

CHRYSALE   [22]

Votre congé !

MARTINE

Oui, Madame me chasse.

CHRYSALE

Je n'entends pas[122] cela. Comment ?

MARTINE

On me menace,
425   Si je ne sors d'ici, de me bailler cent coups[123].

---

121 Autre proverbe, que Furetière donne sous la forme suivante : « service
   de grand n'est pas héritage ».
122 Je ne comprends pas.
123 De me donner (*bailler*) cent coups.

CHRYSALE

Non, vous demeurerez, je suis content de vous ;
Ma femme bien souvent a la tête un peu chaude,
Et je ne veux pas, moi…

Scène 6

PHILAMINTE, BÉLISE, CHRYSALE, MARTINE

PHILAMINTE[124]

Quoi, je vous vois, maraude ?
Vite, sortez, friponne ; allons, quittez ces lieux,
430　Et ne vous présentez jamais devant mes yeux.

CHRYSALE

Tout doux.

PHILAMINTE

Non, c'en est fait.

CHRYSALE

Eh !

PHILAMINTE

Je veux qu'elle sorte.

CHRYSALE　　　　　　　　　　[23]

Mais qu'a-t-elle commis, pour vouloir de la sorte…

PHILAMINTE

Quoi, vous la soutenez ?

_____

124 Elle aperçoit Martine.

CHRYSALE
En aucune façon.

PHILAMINTE
Prenez-vous son parti contre moi ?

CHRYSALE
                                    Mon, Dieu ! non ;
435   Je ne fais seulement que demander son crime[125].

PHILAMINTE
Suis-je pour la chasser sans cause légitime[126] ?

CHRYSALE
Je ne dis pas cela ; mais il faut de nos gens…

PHILAMINTE
Non, elle sortira, vous-dis-je, de céans.

CHRYSALE
Eh bien ! oui. Vous dit-on quelque chose là contre ?

PHILAMINTE
440   Je ne veux point d'obstacle aux désirs que je montre.

CHRYSALE
D'accord.

PHILAMINTE
                    Et vous devez, en raisonnable époux,
Être pour moi contre elle, et prendre mon courroux[127].

---

125 *Crime* : faute grave.
126 Suis-je femme à la chasser sans cause légitime ?
127 Faire vôtre mon courroux, le partager.

CHRYSALE

Aussi fais-je[128]. Oui[129], ma femme avec raison vous
[chasse,
Coquine, et votre crime est indigne de grâce.

MARTINE

445   Qu'est-ce donc que j'ai fait ?

CHRYSALE[130]

Ma foi, je ne sais pas.

PHILAMINTE   [24]

Elle est d'humeur encore à n'en faire aucun cas[131].

CHRYSALE

A-t-elle, pour donner matière à votre haine,
Cassé quelque miroir, ou quelque porcelaine[132] ?

PHILAMINTE

Voudrais-je la chasser[133], et vous figurez-vous
450   Que pour si peu de chose on se mette en courroux ?

CHRYSALE

Qu'est-ce à dire ? L'affaire est donc considérable ?

PHILAMINTE

Sans doute[134]. Me voit-on femme déraisonnable ?

---

128 Oui, c'est ce que je fais.
129 Chrysale se tourne vers Martine.
130 Bas, à Martine.
131 Elle est de caractère, de tempérament (*d'humeur*) à ne pas voir la gravité
     de ce qu'elle a fait.
132 La *porcelaine* était de haut prix et précieuse.
133 Voudrais-je la chasser si sa faute n'avait été que de casser miroir ou
     porcelaine ?
134 *Sans doute* : assurément.

CHRYSALE

Est-ce qu'elle a laissé, d'un esprit négligent,
Dérober quelque aiguière, ou quelque plat d'argent ?

PHILAMINTE

455   Cela ne serait rien.

CHRYSALE

Oh ! oh ! peste, la belle[135] !
Quoi, l'avez-vous surprise à n'être pas fidèle[136] ?

PHILAMINTE

C'est pis que tout cela.

CHRYSALE

Pis que tout cela ?

PHILAMINTE

Pis.

CHRYSALE

Comment diantre ! friponne ? Euh ? a-t-elle commis…

PHILAMINTE

Elle a, d'une insolence à nulle autre pareille,
460   Après trente leçons, insulté mon oreille,
Par l'impropriété d'un mot sauvage[137] et bas,
Qu'en termes décisifs condamne Vaugelas[138].

---

135 Pour cette apostrophe, ainsi que pour celle du vers 458, Chrysale se
     tourne vers Martine.
136 Comprendre : honnête.
137 On dit qu'un mot a quelque chose de *sauvage* « quand il y a quelque chose
     de rude à quoi on n'est pas accoutumé, qui paraît étranger » (Furetière).
138 *Vaugelas*, le législateur de la langue française, l'auteur des *Remarques sur
     la langue française* est mort depuis plus de vingt ans, mais il fait toujours

CHRYSALE   [25]

Est-ce là...

PHILAMINTE

Quoi, toujours malgré nos remontrances,
Heurter le fondement de toutes les sciences,
465   La grammaire, qui sait régenter jusqu'aux rois,
Et les fait la main haute[139] obéir à ses lois ?

CHRYSALE

Du plus grand des forfaits je la croyais coupable.

PHILAMINTE

Quoi ? Vous ne trouvez pas ce crime impardonnable ?

CHRYSALE

Si fait.

PHILAMINTE

Je voudrais bien que vous l'excusassiez.

CHRYSALE

470   Je n'ai garde.

BÉLISE

Il est vrai que ce sont des pitiés[140] ;
Toute construction est par elle détruite,
Et des lois du langage on l'a cent fois instruite.

---

autorité en manière de correction et de pureté du langage.
139 *La main haute* : avec autorité, comme le cavalier qui tient bien et
      court la bride de son cheval.
140 Chaque « crime » de Martine contre la grammaire est une pitié. Ce sont
      choses très dignes d'apitoiement, c'est pitoyable.

MARTINE

Tout ce que vous prêchez est, je crois, bel et bon ;
Mais je ne saurais, moi, parler votre jargon[141].

PHILAMINTE

475   L'impudente ! Appeler un jargon le langage
Fondé sur la raison et sur le bel usage !

MARTINE

Quand on se fait entendre[142], on parle toujours bien,
Et tous vos biaux dictons[143] ne servent pas de rien.

PHILAMINTE

Eh bien ! ne voilà pas encore de son style ?
480   *Ne servent pas de rien !*

BÉLISE   [C] [26]

Ô cervelle indocile !
Faut-il qu'avec les soins qu'on prend incessamment[144],
On ne te puisse apprendre à parler congrûment[145] ?
De *pas*, mis avec *rien*, tu fais la récidive[146],
Et c'est, comme on t'a dit, trop d'une négative.

---

141 Joli renversement : c'est Philaminte, adepte d'un langage châtié et recherché,
   qui est accusée par la servante de parler un *jargon*, c'est-à-dire une langue
   fautive et corrompue ! Il est vrai que le langage des savantes est un peu celui
   d'un groupe et pourrait être qualifié en ce sens de *jargon* – comme les médecins
   ou les gens de justice ont leur jargon, différent du langage commun.
142 Comprendre ; voir au vers 424.
143 Martine n'emploie certainement pas le mot *dicton* dans son sens exact ;
   elle veut sans doute dire « vos belles (*biaux*) manières de parler ».
144 Malgré les efforts (*soins*) que nous déployons sans cesse (*incessamment*).
145 *Congrûment* : correctement.
146 On peut comprendre cette *récidive* de deux manières : soit « Tu recom-
   mences à commettre la même faute en ajoutant *pas* à *rien* », soit « Tu
   redoubles la négation (la *négative*) en ajoutant *pas* à *rien* ». Une seule
   négation suffit, en effet.

MARTINE

485 Mon Dieu! je n'avons pas étugué comme vous,
Et je parlons tout droit comme on parle cheux
[nous[147].

PHILAMINTE

Ah! peut-on y tenir?

BÉLISE

Quel solécisme horrible!

PHILAMINTE

En voilà pour tuer[148] une oreille sensible.

BÉLISE

Ton esprit, je l'avoue, est bien matériel.
490 *Je* n'est qu'un singulier, *avons* est pluriel.
Veux-tu toute ta vie offenser la grammaire?

MARTINE

Qui parle d'offenser grand'mère[149] ni grand-père?

PHILAMINTE

Ô Ciel!

BÉLISE

Grammaire est prise à contresens par toi,

---

147 *Je n'avons* pour *je n'ai*, *étugué* pour *étudié*, *je parlons* pour *je parle*, *cheux* pour *chez* : suite du langage paysan.
148 Voilà une faute capable de tuer.
149 N'oublions pas que la dénasalisation du mot *grammaire* n'était pas faite au XVIIe siècle et qu'on prononçait effectivement *grămer* – d'où la confusion de Martine. Au reste, nombre des incorrections plaisantes fournies par Martine ont leur source dans la traduction par Larivey du *Fedele* de Luigi Pasqualigo (*Le Fidèle*, II, 14).

Et je t'ai dit déjà d'où vient ce mot.

MARTINE

                                    Ma foi !
495   Qu'il vienne de Chaillot, d'Auteuil, ou de Pontoise,
Cela ne me fait rien.

BÉLISE

                              Quelle âme villageoise !
La grammaire, du verbe et du nominatif[150],
Comme de l'adjectif avec le substantif,
Nous enseigne les lois.   [27]

MARTINE

                              J'ai, Madame, à vous dire
500   Que je ne connais point ces gens-là.

PHILAMINTE

                                          Quel martyre !

BÉLISE

Ce sont les noms des mots, et l'on doit regarder
En quoi c'est qu'il les faut faire ensemble accorder.

MARTINE

Qu'ils s'accordent entre eux, ou se gourment[151],
                                          [qu'importe ?

---

150 Il s'agit de l'accord du verbe avec son sujet (*nominatif*, car le nominatif
est le cas du sujet dans les langues anciennes à flexion, grec et latin).

151 *Se gourmer,* c'est se battre à coups de poing. Selon Furetière, ce mot « n'est
guère en usage que parmi les écoliers, les laquais et les gens de basse
condition ».

PHILAMINTE
(*À sa sœur.*)
Eh ! mon Dieu, finissez un discours de la sorte.
(*À son mari.*)
505   Vous ne voulez pas, vous, me la faire sortir ?

CHRYSALE
Si fait. À son caprice[152] il me faut consentir[153].
Va, ne l'irrite point ; retire-toi, Martine.

PHILAMINTE
Comment ? vous avez peur d'offenser la coquine ?
Vous lui parlez d'un ton tout à fait obligeant ?

CHRYSALE.
510   Moi ? Point. Allons, sortez[154]. (*Bas.*) Va-t'en, ma
                                              [pauvre enfant.

Scène 7
PHILAMINTE, CHRYSALE, BÉLISE

CHRYSALE
Vous êtes satisfaite, et la voilà partie.
Mais je n'approuve point une telle sortie[155] ;
C'est une fille propre aux choses qu'elle fait,
Et vous me la chassez pour un maigre sujet.

---

152 Le *caprice* de Philaminte est une volonté proche de la folie, aux yeux de
     Chrysale …et en *a parte* !
153 Cette phrase est prononcée en *a parte* ou déjà adressé à Martine, comme
     celle qui suit.
154 Docile à sa femme, Chrysale adresse l'ordre à haute voix à Martine,
     avant de lui parler plus bas et sur un autre ton.
155 Un tel départ, un tel renvoi.

PHILAMINTE   [C ij] [28]

515 Vous voulez que toujours je l'aie à mon service,
     Pour mettre incessamment[156] mon oreille au supplice ?
     Pour rompre toute loi d'usage et de raison,
     Par un barbare amas de vices d'oraison[157],
     De mots estropiés, cousus par intervalles
520 De proverbes traînés dans les ruisseaux des Halles ?

BÉLISE

     Il est vrai que l'on sue à souffrir ses discours.
     Elle y met Vaugelas en pièces tous les jours ;
     Et les moindres défauts de ce grossier génie,
     Sont ou le pléonasme, ou la cacophonie[158].

CHRYSALE

525 Qu'importe qu'elle manque aux lois de Vaugelas,
     Pourvu qu'à la cuisine elle ne manque pas ?
     J'aime bien mieux, pour moi, qu'en épluchant ses
                                              [herbes[159],
     Elle accommode mal les noms avec les verbes,
     Et redise cent fois un bas ou méchant[160] mot,
530 Que de brûler ma viande, ou saler trop mon pot[161].
     Je vis de bonne soupe, et non de beau langage.
     Vaugelas n'apprend point à bien faire un potage ;

---

156 Sans cesse. Voir aux vers 257 et 481.
157 Les vices d'*oraison* sont les vices du discours.
158 *Pléonasme* : répétition de mots de sens identique. *Cacophonie* : mélange
     de sons discordants qui produisent un effet désagréable à l'oreille.
159 *Herbes* : légumes.
160 *Méchant* : mauvais, c'est-à-dire, ici, incorrect.
161 La *viande* désigne toute nourriture. Un *pot* peut contenir toutes sortes
     de nourritures.

Et Malherbe et Balzac[162], si savants en beaux mots,
En cuisine peut-être auraient été des sots.

PHILAMINTE

535   Que ce discours grossier terriblement assomme !
Et quelle indignité pour ce qui s'appelle homme,
D'être baissé[163] sans cesse aux soins matériels,
Au lieu de se hausser vers les spirituels !
Le corps, cette guenille, est-il d'une importance,
540   D'un prix à mériter seulement qu'on y pense,
Et ne devons-nous pas laisser cela bien loin ?

CHRYSALE

Oui, mon corps est moi-même, et j'en veux prendre
                                              [soin.
Guenille si l'on veut, ma guenille m'est chère.

BÉLISE   [29]

Le corps avec l'esprit fait figure[164], mon frère.
545   Mais si vous en croyez tout le monde savant,
L'esprit doit sur le corps prendre le pas devant[165] ;
Et notre plus grand soin, notre première instance[166],
Doit être à le nourrir du suc de la science.

CHRYSALE

Ma foi ! si vous songez à nourrir votre esprit,

---

162 *Malherbe* (1555-1628), le grand poète du début du siècle, soumit la poésie
    à la raison. *Guez de Balzac* (1597-1654), fut un maître de la prose d'art
    française.
163 *Être baissé* : s'abaisser.
164 *Faire figure* : figurer, être présent, avoir son importance. Accompagné de
    l'esprit, le corps a de l'importance.
165 *Le pas devant* : l'avantage, la prééminence.
166 *Instance* : soin empressé, souci.

550 C'est de viande bien creuse[167], à ce que chacun dit,
Et vous n'avez nul soin, nulle sollicitude[168]
Pour...

PHILAMINTE

Ah ! *Sollicitude* à mon oreille est rude,
Il put étrangement son ancienneté[169].

BÉLISE

Il est vrai que le mot est bien collet monté[170].

CHRYSALE

555 Voulez-vous que je dise ? Il faut qu'enfin j'éclate,
Que je lève le masque, et décharge ma rate.
De folles on vous traite, et j'ai fort sur le cœur...

PHILAMINTE

Comment donc ?

CHRYSALE[171]

C'est à vous que je parle, ma sœur.
Le moindre solécisme en parlant vous irrite ;

---

167 *Viande creuse* : nourriture peu substantielle.
168 *Sollicitude* : inquiétude. Le mot, ancien, semble disparaître quelque peu
de l'usage des honnêtes gens au XVIIe siècle, pour redevenir courant au
XVIIIe siècle. Voilà pourquoi Philaminte dit qu'il sent son ancienneté.
169 *Put* vient du verbe *puir*, concurrent de *puer* dans l'ancienne langue.
Étrangement : extraordinairement. Le mot *ancienneté* compte ici pour
cinq syllabes.
170 *Collet monté* : collerette empesée garnie de carton et de fil de métal, à
la mode sous Catherine de Médicis. Adjectivement, *collet monté* désigne
quelque chose d'archaïque, de suranné.
171 Le lâche Chrysale se tourne vers Bélise et lui adresse la tirade en fait
destinée à sa femme Philaminte.

560   Mais vous en faites, vous, d'étranges en conduite[172].
       Vos livres éternels ne me contentent pas,
       Et hors un gros Plutarque à mettre mes rabats[173],
       Vous devriez[174] brûler tout ce meuble[175] inutile,
       Et laisser la science aux docteurs de la ville ;
565   M'ôter, pour faire bien, du grenier de céans,
       Cette longue lunette[176] à faire peur aux gens,
       Et cent brimborions dont l'aspect importune[177] ;
       Ne point aller chercher ce qu'on fait dans la lune[178],
       Et vous mêler un peu de ce qu'on fait chez
                                         [vous, [C iij] [30]
570   Où nous voyons aller tout sens dessus dessous.
       Il n'est pas bien honnête[179], et pour beaucoup de
                                         [causes,

---

172 Application figurée heureuse du *solécisme*, faute contre la syntaxe, à la
     conduite morale. *Étrange* : extraordinaire, scandaleux.
173 Cette utilisation plaisante d'un gros livre, d'un gros in-folio (les œuvres
     de Plutarque avaient été éditées en ce format) comme presse pour les
     rabats (col d'homme ou collerette de femmes) se trouvait déjà dans le
     Quart Livre de Rabelais ; elle avait été reprise dans le *Tartuffe* (I, 2, vers
     208, à propos d'un mouchoir placé dans un volume d'une *Fleur des saints*)
     et dans *Le Roman bourgeois* de Furetière.
174 *Devriez* compte pour trois syllabes.
175 Il faut donner à *meuble* un sens collectif et large de mobilier ; qu'on brûle
     non seulement les livres, mais aussi, avec eux bibliothèque et autres
     instruments dont se servent les savantes.
176 Il s'agit d'une lunette astronomique.
177 Chrysale qualifie de *brimborions*, de petits objets de peu de valeur dont
     la vue (*l'aspect*) l'agace, la lunette astronomique et tous les instruments
     et autres objets scientifiques dont s'entourent les savantes.
178 Au XVIIe siècle, la *lune* (et l'astronomie de manière générale) intéressent
     beaucoup les grands savants, mais aussi, de manière fantaisiste ou plai-
     sante, les romanciers (Cyrano de Bergerac) et finalement les dramaturges
     comiques (Molière se moque ici des observations de savantes sur la lune ;
     en 1684, Fatouville fera jouer par la troupe italienne un *Arlequin empereur
     dans la lune*).
179 *Honnête* : convenable, bienséant.

Qu'une femme étudie, et sache tant de choses.
Former aux bonnes mœurs l'esprit de ses enfants,
Faire aller son ménage, avoir l'œil sur ses gens,
575 Et régler la dépense avec économie,
Doit être son étude et sa philosophie.
Nos pères sur ce point étaient gens bien sensés,
Qui disaient qu'une femme en sait toujours assez,
Quand la capacité de son esprit se hausse
580 À connaître un pourpoint d'avec un haut-de-chausse[180].
Les leurs ne lisaient point, mais elles vivaient bien ;
Leurs ménages étaient tout leur docte entretien,
Et leurs livres un dé, du fil et des aiguilles,
Dont elles travaillaient au trousseau de leurs filles.
585 Les femmes d'à présent sont bien loin de ces mœurs ;
Elles veulent écrire, et devenir auteurs.
Nulle science n'est pour elles trop profonde,
Et céans beaucoup plus qu'en aucun lieu du monde.
Les secrets les plus hauts s'y laissent concevoir,
590 Et l'on sait tout chez moi, hors ce qu'il faut savoir.
On y sait comme vont lune, étoile polaire,
Vénus, Saturne et Mars, dont je n'ai point affaire ;
Et dans ce vain savoir, qu'on va chercher si loin,
On ne sait comme va mon pot dont j'ai besoin.
595 Mes gens à la science aspirent pour vous plaire,
Et tous ne font rien moins que ce qu'ils ont à faire ;
Raisonner est l'emploi de toute ma maison,
Et le raisonnement en bannit la raison ;

---

180 Quand la capacité de l'esprit d'une femme est assez haute pour reconnaître un pourpoint d'un haut-de-chausses. On rappelle volontiers ce
mot d'un duc de Bretagne rapporté par Montaigne (*Essais*, I, 24) selon
lequel « une femme était assez savante quand elle savait mettre différence
entre la chemise et le pourpoint de son mari ».

L'un me brûle mon rôt[181] en lisant quelque histoire,
600   L'autre rêve[182] à des vers quand je demande à boire ;
      Enfin je vois par eux votre exemple suivi,
      Et j'ai des serviteurs, et ne suis point servi.
      Une pauvre servante au moins m'était restée,   [31]
      Qui de ce mauvais air n'était point infectée,
605   Et voilà qu'on la chasse avec un grand fracas,
      À cause qu'elle manque à[183] parler Vaugelas.
      Je vous le dis, ma sœur, tout ce train-là me blesse
      (Car c'est, comme j'ai dit, à vous que je m'adresse).
      Je n'aime point céans tous vos gens à latin,
610   Et principalement ce Monsieur Trissotin.
      C'est lui qui dans des vers vous a tympanisées[184] ;
      Tous les propos qu'il tient sont des billevesées ;
      On cherche ce qu'il dit après qu'il a parlé,
      Et je lui crois, pour moi, le timbre[185] un peu fêlé.

PHILAMINTE

615   Quelle bassesse, ô Ciel ! et d'âme, et de langage !

BÉLISE

Est-il de petits corps un plus lourd assemblage[186] !
Un esprit composé d'atomes plus bourgeois[187] !

---

181 Le *rôt* est le rôti ; mais le mot peut désigner le repas en général.
182 *Rêver* : penser à.
183 *Manquer à* + infinitif : omettre de.
184 *Tympaniser* c'est décrier publiquement. Chrysale doit vouloir dire que
    Trissotin a mis nos savantes dans ses vers et, ce faisant, les a rendues
    ridicules dans le monde.
185 Le *timbre* : le cerveau.
186 Les *petits corps* sont les atomes, selon la théorie de Démocrite (reprise par
    Épicure, Lucrèce et Gassendi) dont sont constitués les corps.
187 « *Bourgeois* se dit quelquefois en mauvaise part, par opposition à un
    homme de la cour, pour signifier un homme peu galant, peu spirituel,
    qui vit et raisonne à la manière du bas-peuple » (Furetière). Chez les

Et de ce même sang[188] se peut-il que je sois !
Je me veux mal de mort d'être de votre race[189],
620   Et de confusion[190] j'abandonne la place.

Scène 8

PHILAMINTE, CHRYSALE

PHILAMINTE

Avez-vous à lâcher encore quelque trait ?

CHRYSALE

Moi ? Non. Ne parlons plus de querelle, c'est fait ;
Discourons d'autre affaire. À notre fille aînée
On voit quelque dégoût pour les nœuds d'hyménée ;
625   C'est une philosophe enfin, je n'en dis rien,   [C iiij] [32]
Elle est bien gouvernée, et vous faites fort bien.
Mais de toute[191] autre humeur se trouve sa cadette,
Et je crois qu'il est bon de pourvoir Henriette[192],
De choisir un mari…

PHILAMINTE

                    C'est à quoi j'ai songé,
630   Et je veux vous ouvrir[193] l'intention que j'ai.

---

savantes comme chez les précieuses, *bourgeois* est une insulte ; et quand
Molière désigne Chrysale comme « bon bourgeois » dans la liste des
personnages, l'expression, qui a un sens honorable, peut connoter aussi
l'acception péjorative (voir *supra*, la note 1).

188 Bélise est la sœur de Chrysale.

189 *Cf.* une réflexion analogue de Magdelon dans *Les Précieuses ridicules*,
scène 5. *Les Femmes savantes* présentent plus d'un rappel des *Précieuses*.

190 Diérèse de la pédante.

191 *Toute* est bien adverbe ici, mais le XVIIᵉ siècle accorde encore l'adverbe ;
Vaugelas même prescrit l'accord avec le féminin !

192 Établir Henriette par le mariage (*pourvoir*).

193 *Ouvrir* : montrer, découvrir.

Ce Monsieur Trissotin dont on nous fait un crime,
Et qui n'a pas l'honneur d'être dans votre estime,
Est celui que je prends pour l'époux qu'il lui faut,
Et je sais mieux que vous juger de ce qu'il vaut ;
635   La contestation est ici superflue,
Et de tout point chez moi l'affaire est résolue.
Au moins ne dites mot du choix de cet époux :
Je veux à votre fille en parler avant vous.
J'ai des raisons à faire approuver ma conduite[194],
640   Et je connaîtrai bien[195] si vous l'aurez instruite.

Scène 9
ARISTE, CHRYSALE

ARISTE

Eh bien ? la femme sort, mon frère, et je vois bien
Que vous venez d'avoir ensemble un entretien.

CHRYSALE

Oui.

ARISTE

Quel est le succès[196] ? Aurons-nous Henriette ?
A-t-elle consenti ? l'affaire est-elle faite ?

CHRYSALE   [33]

645   Pas tout à fait encor.

ARISTE

Refuse-t-elle ?

---

194 J'ai des raisons qui peuvent faire approuver ma conduite.
195 Je me rendrai bien compte.
196 *Succès* : issue (bonne ou mauvaise).

CHRYSALE

Non.

ARISTE

Est-ce qu'elle balance ?

CHRYSALE

En aucune façon.

ARISTE

Quoi donc ?

CHRYSALE

C'est que pour gendre elle m'offre un
[autre homme.

ARISTE

Un autre homme pour gendre ?

CHRYSALE

Un autre.

ARISTE

Qui se nomme ?

CHRYSALE

Monsieur Trissotin.

ARISTE

Quoi, ce Monsieur Trissotin…

CHRYSALE

650   Oui, qui parle toujours de vers et de latin.

ARISTE

Vous l'avez accepté ?

CHRYSALE

Moi, point, à Dieu ne plaise !

ARISTE

Qu'avez-vous répondu ?

CHRYSALE

Rien ; et je suis bien aise
De n'avoir point parlé, pour ne m'engager pas !   [34]

ARISTE

La raison est fort belle, et c'est faire un grand pas.
655   Avez-vous su du moins lui proposer Clitandre ?

CHRYSALE

Non ; car comme j'ai vu qu'on parlait d'autre gendre,
J'ai cru qu'il était mieux de ne m'avancer point.

ARISTE

Certes, votre prudence est rare[197] au dernier point !
N'avez-vous point de honte avec votre mollesse ?
660   Et se peut-il qu'un homme ait assez de faiblesse
Pour laisser à sa femme un pouvoir absolu,
Et n'oser attaquer ce qu'elle a résolu ?

CHRYSALE

Mon Dieu ! vous en parlez, mon frère, bien à l'aise,
Et vous ne savez pas comme le bruit[198] me pèse.

---

197 *Rare* : étrange, extraordinaire.
198 *Le bruit* : les querelles.

665   J'aime fort le repos, la paix, et la douceur,
      Et ma femme est terrible avecque son humeur.
      Du nom de philosophe elle fait grand mystère[199],
      Mais elle n'en est pas pour cela moins colère ;
      Et sa morale, faite à mépriser le bien,
670   Sur l'aigreur de sa bile opère comme rien[200].
      Pour peu que l'on s'oppose à ce que veut sa tête,
      On en a pour huit jours d'effroyable tempête.
      Elle me fait trembler dès qu'elle prend son ton.
      Je ne sais où me mettre, et c'est un vrai dragon ;
675   Et cependant avec toute sa diablerie[201],
      Il faut que je l'appelle, et « mon cœur », et « ma mie ».

ARISTE

Allez, c'est se moquer. Votre femme, entre nous,
Est par vos lâchetés souveraine sur vous.
Son pouvoir n'est fondé que sur votre faiblesse.
680   C'est de vous qu'elle prend le titre de maîtresse.
Vous-même à ses hauteurs[202] vous vous
                       [abandonnez, [35]
Et vous faites mener en bête par le nez[203].
Quoi ! vous ne pouvez pas, voyant comme on vous
                       [nomme[204],
Vous résoudre une fois à vouloir être un homme ?

---

199 *Faire mystère de quelque chose* c'est en parler comme d'une chose importante
et extraordinaire, en faire étalage.
200 La « philosophe » Philaminte sait mépriser l'argent, mais reste incapable
de maîtriser ses colères.
201 Cette diablesse de femme se livre à la *diablerie*, criant et tourmentant
toujours son entourage, à commencer par son mari.
202 *Hauteurs* : manifestations d'orgueil, de domination, de violence.
203 Comme une bête menée par sa muselière ou attelée par un anneau.
204 Les gens doivent le nommer comme mari faible et soumis à sa femme,
et non comme un vrai homme qui commande à sa femme.

685   À faire condescendre une femme à vos vœux,
         Et prendre assez de cœur[205] pour dire un « Je le
                                                    [veux » ?
         Vous laisserez sans honte immoler votre fille
         Aux folles visions[206] qui tiennent la famille,
         Et de tout votre bien revêtir un nigaud,
690   Pour six mots de latin qu'il leur fait sonner haut ?
         Un pédant qu'à tous coups votre femme apostrophe[207]
         Du nom de bel esprit, et de grand philosophe,
         D'un homme qu'en vers galants jamais on n'égala,
         Et qui n'est, comme on sait, rien moins que tout cela ?
695   Allez, encore un coup, c'est une moquerie,
         Et votre lâcheté mérite qu'on en rie.

                        CHRYSALE
         Oui, vous avez raison, et je vois que j'ai tort.
         Allons, il faut enfin montrer un cœur plus fort,
         Mon frère.

                        ARISTE
              C'est bien dit.

                        CHRYSALE
                        C'est une chose infâme[208],
700   Que d'être si soumis au pouvoir d'une femme.

                        ARISTE
         Fort bien.

---

205 De courage.
206 Diérèse.
207 *Apostropher* signifie « interpeller », normalement ; visiblement, ici Ariste
    emploie le mot au sens de « qualifier ».
208 *Infâme* : déshonorant (sens moins fort qu'aujourd'hui).

CHRYSALE

De ma douceur elle a trop profité.

ARISTE

Il est vrai.

CHRYSALE

Trop joui de ma facilité.

ARISTE   [36]

Sans doute.

CHRYSALE

Et je lui veux faire aujourd'hui connaître
Que ma fille est ma fille, et que j'en suis le maître,
705 Pour lui prendre un mari qui soit selon mes vœux.

ARISTE

Vous voilà raisonnable, et comme je vous veux.

CHRYSALE

Vous êtes pour Clitandre, et savez sa demeure ;
Faites-le-moi venir, mon frère, tout à l'heure[209].

ARISTE

J'y cours tout de ce pas.

CHRYSALE

C'est souffrir[210]

[trop longtemps,
710 Et je m'en vais être homme à la barbe des gens.

Fin du second acte.

---

209 Maintenant, tout de suite.
210 Endurer.

ACTE III   [37]

Scène PREMIÈRE
PHILAMINTE, ARMANDE, BÉLISE, TRISSOTIN, L'ÉPINE

PHILAMINTE

Ah ! mettons-nous ici pour écouter à l'aise
Ces vers que mot à mot il est besoin qu'on pèse.

ARMANDE

Je brûle de les voir.

BÉLISE

Et l'on s'en meurt chez nous.

PHILAMINTE

Ce sont charmes pour moi, que ce qui part de vous[211].

ARMANDE

715   Ce m'est une douceur à nulle autre pareille.

BÉLISE

Ce sont repas friands[212] qu'on donne à mon oreille.

PHILAMINTE

Ne faites point languir de si pressants désirs.

ARMANDE

Dépêchez[213].

---

211 Ce qui part de vous (elle s'adresse à Trissotin), ce que vous écrivez, exerce
   sur moi une puissance magique – sens fort de *charmes*.
212 *Friand* : appétissant, délicat.
213 *Dépêcher* est intransitif : se dépêcher, se hâter.

BÉLISE   [38]
Faites tôt, et hâtez nos plaisirs.

PHILAMINTE
À notre impatience[214] offrez votre épigramme.

TRISSOTIN
720   Hélas ! c'est un enfant tout nouveau-né, Madame[215].
Son sort assurément a lieu de vous toucher,
Et c'est dans votre cour[216] que j'en viens d'accoucher.

PHILAMINTE
Pour me le rendre cher, il suffit de son père.

TRISSOTIN
Votre approbation lui peut servir de mère.

BÉLISE
725   Qu'il a d'esprit !

Scène 2
HENRIETTE, PHILAMINTE, ARMANDE,
BÉLISE, TRISSOTIN, L'ÉPINE

PHILAMINTE[217]
Holà ! pourquoi donc fuyez-vous ?

---

214 Diérèse qui allonge la diction du premier hémistiche de manière précieuse.
215 Il s'adresse à Philaminte.
216 Dans la cour du logis ? Dans cette cour formée, à l'égal d'une cour royale, par les femmes savantes ? Devant votre tribunal ? Le « Donnons vite audience » du vers 755 pourrait s'appliquer à un tribunal, mais aussi à une cour royale.
217 Elle s'adresse à Henriette qui veut se retirer.

HENRIETTE

C'est de peur de troubler un entretien si doux.

PHILAMINTE

Approchez, et venez de toutes vos oreilles
Prendre part au plaisir d'entendre des merveilles.

HENRIETTE

Je sais peu les beautés de tout ce qu'on écrit,
730   Et ce n'est pas mon fait que les choses d'esprit

PHILAMINTE   [39]

Il n'importe ; aussi bien ai-je à vous dire ensuite
Un secret dont il faut que vous soyez instruite.

TRISSOTIN[218]

Les sciences n'ont rien qui vous puisse enflammer,
Et vous ne vous piquez[219] que de savoir charmer.

HENRIETTE

735   Aussi peu l'un que l'autre, et je n'ai nulle envie...

BÉLISE

Ah ! songeons à l'enfant nouveau-né, je vous prie.

PHILAMINTE[220]

Allons, petit garçon, vite, de quoi s'asseoir.
          (Le laquais tombe avec la chaise.)
Voyez l'impertinent[221] ! Est-ce que l'on doit choir,

----

218 À Henriette.
219 Se piquer : « Se glorifier de quelque chose, en faire vanité, en faire pro-
     fession, en tirer avantage » (Académie, 1694).
220 Au laquais L'Épine.
221 Voir au v. 158.

Après avoir appris l'équilibre des choses[222] ?

BÉLISE

740   De ta chute, ignorant, ne vois-tu pas les causes,
Et qu'elle vient d'avoir du point fixe écarté,
Ce que nous appelons centre de gravité ?

L'ÉPINE

Je m'en suis aperçu, Madame, étant par terre.

PHILAMINTE

Le lourdaud !

TRISSOTIN

         Bien lui prend de n'être pas de verre.

ARMANDE

745   Ah ! de l'esprit partout !

BÉLISE

           Cela ne tarit pas.

PHILAMINTE[223]

Servez-nous promptement votre aimable repas[224].

TRISSOTIN

Pour cette grande faim qu'à mes yeux on expose,
Un plat seul de huit vers me semble peu de chose,

---

222 Les femmes savantes ont-elles administré quelque rudiment de physique
à leur laquais ? Ce n'est pas impossible !

223 La compagnie s'est assise.

224 Trissotin va développer à loisir la métaphore du repas poétique offert aux
dames par le poète mondain. Cotin lui-même, le modèle de Trissotin,
dans ses *Œuvres* galantes de 1665, proposait un *Festin poétique*, qui a sans
doute donné l'idée à Molière.

Et je pense qu'ici je ne ferai pas mal,   [40]
750 De joindre à l'épigramme, ou bien au madrigal[225],
Le ragoût[226] d'un sonnet, qui chez une princesse
A passé pour avoir quelque délicatesse[227].
Il est de sel attique[228] assaisonné partout,
Et vous le trouverez, je crois, d'assez bon goût.

ARMANDE
755 Ah ! je n'en doute point.

PHILAMINTE
                    Donnons vite audience[229].

BÉLISE
(À *chaque fois qu'il veut lire, elle l'interrompt.*)
Je sens d'aise mon cœur tressaillir par avance.
J'aime la poésie avec entêtement,
Et surtout quand les vers sont tournés galamment.

---

225 *L'épigramme* est une petite pièce de poésie satirique. Le *madrigal*, spécialité
des poètes mondains du XVIIᵉ siècle, est un morceau de poésie consistant
en une pensée exprimée avec finesse en quelques vers de forme libre ;
il se présente souvent, à l'égard d'une femme, comme un compliment
galant. Visiblement, Trissotin ne fait ici aucune différence entre les
deux formes poétiques. D'ailleurs, la pièce « Sur un carrosse de couleur
amarante... », qui sera donnée par lui à partir du vers 824, et qui est
presque mot pour mot empruntée aux *Œuvres galantes de Monsieur Cotin*,
était désigné par ce dernier d'épigramme ou de madrigal.
226 Un *ragoût* est un « mets apprêté pour irriter l'appétit, exciter l'appétit »
(Académie, 1694).
227 *Délicatesse* : raffinement.
228 Le *sel attique* désigne une fine et spirituelle manière de penser, de s'exprimer ou
de plaisanter, caractéristique de *l'atticisme* (qualités de pensée et d'expression
propres aux grands écrivains grecs de l'Attique, de la région d'Athènes).
229 *Audience* : attention prêtée à celui qui parle ; mais au XVIIᵉ siècle déjà, le
mot avait les sens de « admission auprès d'un pince ou d'un personnage
important » et de « séance d'un tribunal ». Ces trois significations sont
possibles ici.

PHILAMINTE
Si nous parlons toujours, il ne pourra rien dire.

TRISSOTIN

760   SO...

BÉLISE[230]
Silence ! ma nièce.

TRISSOTIN

SONNET
À LA PRINCESSE URANIE
Sur sa fièvre[231]
Votre prudence est endormie,
De traiter[232] magnifiquement,
Et de loger superbement[233]
Votre plus cruelle ennemie.

BÉLISE

765   Ah ! le joli début[234] !

ARMANDE   [41]
Qu'il a le tour galant[235] !

---

230   1682 indique que cette réplique s'adresse à Henriette, qui n'a pourtant
      nulle envie de parler.
231   Le sonnet est repris de Cotin (1º édition en 1659), le titre ayant été
      changé.
232   *Traiter* : donner un repas.
233   Magnifiquement, somptueusement.
234   Les réactions sottement admiratives des femmes savantes aux poésies
      de Trissotin renouvellent et amplifient *Les Précieuses ridicules*, scène 9.
235   Que son style est élégant, raffiné !

PHILAMINTE

Lui seul des vers aisés possède le talent !

ARMANDE

À *prudence endormie* il faut rendre les armes.

BÉLISE

Loger son ennemie est pour moi plein de charmes.

PHILAMINTE

J'aime *superbement* et *magnifiquement* ;

770   Ces deux adverbes joints font admirablement.

BÉLISE

Prêtons l'oreille au reste.

TRISSOTIN

Votre prudence est endormie,
De traiter magnifiquement,
Et de loger superbement
Votre plus cruelle ennemie.

ARMANDE

Prudence endormie !

BÉLISE

Loger son ennemie !

PHILAMINTE

Superbement et *magnifiquement* !

TRISSOTIN

Faites-la sortir, quoi qu'on die[236]*,*
De votre riche appartement,
Où cette ingrate insolemment
775   *Attaque votre belle vie.*

BÉLISE

Ah ! tout doux, laissez-moi, de grâce, respirer.

ARMANDE

Donnez-nous, s'il vous plaît, le loisir d'admirer.

PHILAMINTE   [D] [42]

On se sent à ces vers, jusques au fond de l'âme,
Couler je ne sais quoi qui fait que l'on se pâme.

ARMANDE

Faites-la sortir, quoi qu'on die,
De votre riche appartement.
780   Que *riche appartement* est là joliment dit !
Et que la métaphore est mise avec esprit !

PHILAMINTE

Faites-la sortir, quoi qu'on die.
Ah ! que ce *quoi qu'on die* est d'un goût admirable !
C'est, à mon sentiment, endroit impayable[237].

ARMANDE

De *quoi qu'on die* aussi mon cœur est amoureux.

---

236 *Die* : autre forme alors possible du subjonctif *dise*. On a remarqué que
  ce *quoi qu'on die* constitue ce qu'on appelle une *cheville*, c'est-à-dire des
  mots pour compléter le vers, et dépourvus de signification intéressante.
237 *Impayable* : d'un prix extraordinaire.

BÉLISE

785 Je suis de votre avis, *quoi qu'on die* est heureux.

ARMANDE

Je voudrais l'avoir fait.

BÉLISE

                    Il vaut toute une pièce.

PHILAMINTE

Mais en comprend-on bien comme moi la finesse ?

ARMANDE *et* BÉLISE

Oh ! oh !

PHILAMINTE

Faites-la sortir, quoi qu'on die.
Que de la fièvre on prenne ici les intérêts,
N'ayez aucun égard[238], moquez-vous des caquets.
          Faites-la sortir, quoi qu'on die.
               Quoi qu'on die ; quoi qu'on die.
790 Ce *quoi qu'on die* en dit beaucoup plus qu'il ne semble.
Je ne sais pas, pour moi, si chacun me ressemble ;
Mais j'entends là-dessous un million[239] de mots.

BÉLISE   [43]

Il est vrai qu'il dit plus de choses qu'il n'est gros.

PHILAMINTE

Mais quand vous avez fait ce charmant *quoi qu'on die*,
795 Avez-vous compris, vous, toute son énergie ?

---

238 Comprendre : même si quelqu'un prenait les intérêts de la fièvre, qu'on
    n'en tienne pas compte.
239 Le mot compte pour trois syllabes.

Songiez-vous bien vous-même à tout ce qu'il nous dit,
Et pensiez-vous alors y mettre tant d'esprit ?

TRISSOTIN

Hay ! hay !

ARMANDE

J'ai fort aussi l'*ingrate* dans la tête,
Cette ingrate de fièvre, injuste, malhonnête[240],
800   Qui traite mal les gens qui la logent chez eux.

PHILAMINTE

Enfin les quatrains sont admirables tous deux[241].
Venons-en promptement aux tiercets[242], je vous prie.

ARMANDE

Ah ! s'il vous plaît, encore une fois *quoi qu'on die.*

TRISSOTIN

Faites-la sortir, quoi qu'on die.

PHILAMINTE, ARMANDE *et* BÉLISE

Quoi qu'on die !

TRISSOTIN

De votre riche appartement,

PHILAMINTE, ARMANDE *et* BÉLISE

Riche appartement !

---

240 Est *malhonnête* celui qui manque de distinction, de politesse.
241 La césure à l'hémistiche se place curieusement après le verbe *sont* ; effet
     rythmique voulu par Molière ou négligence ?
242 Forme rencontrée alors pour *tercets.*

TRISSOTIN
Où cette ingrate insolemment

PHILAMINTE, ARMANDE *et* BÉLISE
Cette *ingrate* de fièvre.

TRISSOTIN
Attaque votre belle vie.

PHILAMINTE
Votre belle vie !

ARMANDE *et* BÉLISE   [D ij] [44]
Ah !

TRISSOTIN
Quoi, sans respecter votre rang,
805   *Elle se prend à votre sang,*

PHILAMINTE, ARMANDE *et* BÉLISE
Ah !

TRISSOTIN
Et nuit et jour vous fait outrage ?
Si vous la conduisez aux bains,
Sans la marchander[243] *davantage,*
Noyez-la de vos propres mains.

PHILAMINTE
810   On n'en peut plus.

---

243 *Marchander* : ménager.

BÉLISE
On pâme.

ARMANDE
On se meurt de plaisir.

PHILAMINTE
De mille doux frissons vous vous sentez saisir.

ARMANDE
Si vous la conduisez aux bains,

BÉLISE
Sans la marchander davantage,

PHILAMINTE
Noyez-la de vos propres mains.
De vos propres mains, là, noyez-la dans les bains.

ARMANDE
Chaque pas dans vos vers rencontre un trait charmant.

BÉLISE
Partout on s'y promène avec ravissement.

PHILAMINTE
815   On n'y saurait marcher que sur de belles choses.

ARMANDE   [45]
Ce sont petits chemins tout parsemés de rose.

TRISSOTIN

Le sonnet donc vous semble…

PHILAMINTE

Admirable, nouveau,
Et personne jamais n'a rien fait de si beau.

BÉLISE[244]

Quoi, sans émotion[245] pendant cette lecture ?
820   Vous faites là, ma nièce, une étrange[246] figure !

HENRIETTE

Chacun fait ici-bas la figure qu'il peut,
Ma tante ; et bel esprit, il[247] ne l'est pas qui veut.

TRISSOTIN

Peut-être que mes vers importunent Madame.

HENRIETTE

Point, je n'écoute pas.

PHILAMINTE

Ah ! voyons l'épigramme.

TRISSOTIN

SUR UN CARROSSE
de couleur amarante, donné
à une dame de ses amies[248].

---

244 Elle s'adresse à Henriette.
245 Autre élocution précieuse de la diérèse.
246 Voir au v. 11.
247 Pronom antécédent de *qui* ; la langue moderne ne le considère plus
     comme utile et dit directement « bel esprit, ne l'est pas qui veut ».
248 Voir *supra*, la note 225.

PHILAMINTE

825   Ces titres ont toujours quelque chose de rare.

ARMANDE

À cent beaux traits d'esprit leur nouveauté prépare.

TRISSOTIN

L'amour si chèrement m'a vendu son lien[249],

BÉLISE, ARMANDE *et* PHILAMINTE

Ah!

TRISSOTIN   [46]

Qu'il m'en coûte déjà la moitié de mon bien.
Et quand tu vois ce beau carrosse
830   *Où tant d'or se relève en bosse*[250],
Qu'il étonne tout le pays,
Et fait pompeusement triompher ma Laïs[251],

PHILAMINTE

Ah! *ma Laïs*! Voilà de l'érudition.

BÉLISE

L'enveloppe[252] est jolie, et vaut un million[253].

TRISSOTIN

Et quand tu vois ce beau carrosse
Où tant d'or se relève en bosse,

---

249 Comprendre : mon lien amoureux, mon amour m'est vendu si cher.
250 En relief.
251 Nom d'une célèbre courtisane de l'Antiquité ; ce nom propre devient le
   nom commun de l'espèce des courtisanes (antonomase).
252 *Enveloppe* : le nom de la courtisane antique sert de voile et donne un peu
   de dignité à une réalité qui est moins estimable.
253 Comme au vers 792.

> *Qu'il étonne tout le pays,*
> *Et fait pompeusement triompher ma Laïs,*
835   *Ne dis plus qu'il est amarante,*
>   *Dis plutôt qu'il est de ma rente.*

ARMANDE

Oh ! oh ! oh ! celui-là[254] ne s'attend point du tout.

PHILAMINTE

On n'a que lui qui puisse écrire de ce goût.

BÉLISE

> *Ne dis plus qu'il est amarante,*
> *Dis plutôt qu'il est de ma rente.*

Voilà qui se décline : *ma rente, de ma rente, à ma rente*[255].

PHILAMINTE

Je ne sais, du moment que[256] je vous ai connu,
840 Si sur votre sujet j'ai l'esprit prévenu,
Mais j'admire partout vos vers et votre prose.

TRISSOTIN

Si vous[257] vouliez de vous nous montrer quelque chose,
À notre tour aussi nous pourrions admirer.

PHILAMINTE

Je n'ai rien fait en vers, mais j'ai lieu d'espérer

---

254 Cela, ce trait final-là.
255 Le jeu de mot final de l'épigramme, calembour en partie, fait méca-
    niquement penser au tableau des déclinaisons latines serinées par les
    enfants ou le mot décliné est aux différents cas : nominatif (*ma rente*),
    génitif (*de ma rente*), datif (*à ma rente*).
256 À partir du moment où.
257 Trissotin s'adresse à Philaminte.

845   Que je pourrai bientôt vous montrer, en amie,   [47]
       Huit chapitres du plan de notre académie.
       Platon s'est au projet simplement arrêté,
       Quand de sa *République* il a fait le traité[258] ;
       Mais à l'effet[259] entier je veux pousser l'idée
850   Que j'ai sur le papier en prose accommodée ;
       Car enfin je me sens un étrange dépit
       Du tort que l'on nous fait du côté de l'esprit,
       Et je veux nous venger, toutes tant que nous sommes,
       De cette indigne classe où nous rangent les hommes ;
855   De borner[260] nos talents à des futilités,
       Et nous fermer la porte aux sublimes clartés.

                        ARMANDE
       C'est faire à notre sexe une trop grande offense,
       De n'étendre l'effort de notre intelligence,
       Qu'à juger d'une jupe, et de l'air d'un manteau,
860   Ou des beautés d'un point[261], ou d'un brocard[262]
                                              [nouveau.

                         BÉLISE
       Il faut se relever[263] de ce honteux partage,

---

258 De fait, le 5ᵉ livre de *La République* prévoit pour les femmes des gardiens
     de l'État même éducation et même fonctions que pour les hommes ?
     Pousser l'idée de l'utopie de Platon à l'effet entier, c'est pour Philaminte
     réclamer, contre les hommes et pour elles particulièrement, une égalité de
     fait dans tous les domaines du savoir, de la littérature, de la philosophie
     et des sciences ; elles auront leur académie à elles.

259 *Effet* : réalisation, exécution.

260 Je veux me venger des hommes qui bornent.

261 D'une dentelle.

262 *Brocart* : étoffe de soie, brochée d'or ou d'argent.

263 *Se relever* : terme de chancellerie pour désigner l'acte qui fait casser des
     contrats ou autres décisions ; Bélise veut faire casser le jugement qui
     relègue les femmes au rang et aux activités inférieurs.

Et mettre hautement[264] notre esprit hors de page[265].

TRISSOTIN

Pour les dames on sait mon respect en tous lieux,
Et si je rends hommage aux brillants de leurs yeux,
865   De leur esprit aussi j'honore les lumières.

PHILAMINTE

Le sexe aussi vous rend justice en ces matières ;
Mais nous voulons montrer à de certains esprits,
Dont l'orgueilleux savoir nous traite avec mépris,
Que de science[266] aussi les femmes sont meublées[267] ;
870   Qu'on peut faire comme eux de doctes assemblées,
Conduites en cela par des ordres meilleurs,
Qu'on y veut réunir ce qu'on sépare ailleurs,
Mêler le beau langage, et les hautes sciences[268],
Découvrir la nature en mille expériences,
875   Et sur les questions qu'on pourra proposer,   [48]
Faire entrer chaque secte, et n'en point épouser[269].

TRISSOTIN

Je m'attache pour l'ordre au péripatétisme[270].

---

264 *Hautement* : résolument.
265 *Mettre hors de page*, c'est au sens propre, « faire cesser d'être page » ; au
     figuré, c'est se trouver affranchi de toutes contraintes.
266 Deux syllabes.
267 *Être meublé* : être fourni, orné.
268 Deux académies séparées avaient été créées : l'une, l'Académie française,
     en 1635, pour *le beau langage*, l'autre, l'Académie des sciences, en 1666,
     pour *les hautes sciences*. Une seule Académie, générale et universelle, avait
     été envisagée, en vain. Philaminte souhaite donc une Académie unique
     et uniquement féminine.
269 Chaque école philosophique (*chaque secte*) aura sa place dans cette Académie,
     qui les accueillera toutes sans s'attacher à l'une en particulier.
270 Le *péripatétisme* est la doctrine d'Aristote, signalée par sa structure rigoureuse.

PHILAMINTE

Pour les abstractions j'aime le platonisme[271].

ARMANDE

Épicure me plaît, et ses dogmes sont forts[272].

BÉLISE

880 Je m'accommode assez pour moi des petits corps ;
Mais le vuide à souffrir me semble difficile,
Et je goûte bien mieux la matière subtile[273].

TRISSOTIN

Descartes pour l'aimant donne fort dans mon sens.

ARMANDE

J'aime ses tourbillons.

PHILAMINTE

                    Moi, ses mondes tombants.

ARMANDE

885 Il me tarde de voir notre assemblée ouverte,
Et de nous signaler par quelque découverte.

---

271 Il s'agit de l'idéalisme, de la théorie des idées platonicienne.

272 L'épicurisme, avec sa théorie des atomes, retrouvait actualité avec un
Gassendi. Dans une note de son édition (t. II, n. 5, p. 1473), Georges
Couton suggère que *forts* peut connoter que l'épicurisme est l'affaire des
esprits forts, des libertins.

273 Épicure fait tomber les atomes (*les petits corps*) dans le vide, où le hasard
du *clinamen*, d'une déclinaison, provoque la création de corps. Bélise
suit Descartes qui rejette le vide. La matière subtile (la matière réduite
en poussière remplit les recoins ente les tourbillons), les propriétés de
l'aimant (toute la terre est un aimant et elle communique au feu sa vertu),
les tourbillons et les mondes tombants (les comètes) appartiennent au
système de Descartes. Voir, sur la physique cartésienne, les *Principes de
la philosophie*, II°, III° et IV° parties.

TRISSOTIN

On en attend beaucoup de vos vives clartés,
Et pour vous la nature a peu d'obscurités.

PHILAMINTE

Pour moi, sans me flatter, j'en ai déjà fait une[274],
890 Et j'ai vu clairement des hommes dans la lune[275].

BÉLISE

Je n'ai point encor vu d'hommes, comme je crois,
Mais j'ai vu des clochers tout comme je vous vois.

ARMANDE

Nous approfondirons, ainsi que la physique,
Grammaire, histoire, vers, morale et politique.

PHILAMINTE   [49]

895 La morale a des traits dont mon cœur est épris,
Et c'était autrefois l'amour des grands esprits ;
Mais aux stoïciens je donne l'avantage,
Et je ne trouve rien de si beau que leur sage[276].

ARMANDE

Pour la langue, on verra dans peu nos règlements,
900 Et nous y prétendons faire des remuements[277].

---

274 Une découverte.
275 La question de la vie, et singulièrement de la vie humaine dans la lune
    (et aussi dans le soleil) est à l'ordre du jour dans des publications qui
    mêlent souci pseudo-scientifique et utopie ; qu'on pense seulement à
    Cyrano de Bergerac et à ses *États et empires de la lune* (1657) et à ses *États
    et empires du soleil*.
276 Zénon, Épictète ou Sénèque, qui défissent le sage stoïcien (vivant conformément
    à la nature et à la raison, il se maîtrise et supporte les malheurs avec égalité),
    sont tout à fait accessibles aux contemporains de Molière.
277 *Remuements* : changements, bouleversements.

Par une antipathie ou juste, ou naturelle[278],
Nous avons pris chacune une haine mortelle
Pour un nombre de mots, soit ou verbes, ou noms,
Que mutuellement nous nous abandonnons[279] ;
905 Contre eux nous préparons de mortelles sentences[280],
Et nous devons ouvrir nos doctes conférences
Par les proscriptions de tous ces mots divers,
Dont nous voulons purger et la prose et les vers.

PHILAMINTE

Mais le plus beau projet de notre académie,
910 Une entreprise noble, et dont je suis ravie,
Un dessein plein de gloire, et qui sera vanté
Chez tous les beaux esprits de la postérité,
C'est le retranchement de ces syllabes sales,
Qui dans les plus beaux mots produisent des
                                    [scandales,
915 Ces jouets éternels des sots de tous les temps,
Ces fades lieux communs de nos méchants plaisants[281],
Ces sources d'un amas d'équivoques infâmes,
Dont on vient faire insulte à la pudeur des femmes[282].

TRISSOTIN

Voilà certainement d'admirables projets !

---

278 *L'antipathie* peut être de l'ordre de l'instinct (*naturelle*) ou de l'ordre du
     raisonnement (*juste*).
279 Que nous nous répartissons pour en faire la critique et les bannir.
280 Des sentences de mort. L'Académie française avait posé les bases de ce
     purisme, ici ridiculement exacerbé par les savantes.
281 Nos mauvais (*méchants*) plaisants.
282 Prudes, sottes comme la Comtesse d'Escarbagnas, ou savantes du théâtre
     de Molière se ridiculisent par cette haine des mots ou syllabes sales (comme
     vi ou *con*) ; mais le retranchement de ces syllabes et de ces mots était un
     débat du temps sur la langue. Et des jeux de mots obscènes (*équivoques
     infâmes*) faisaient les délices d'une littérature gauloise ou libertine.

BÉLISE

920   Vous verrez nos statuts quand ils seront tous[283] faits.

TRISSOTIN

Ils ne sauraient manquer d'être tous beaux et sages.

ARMANDE   [E] [50]

Nous serons par nos lois les juges des ouvrages.
Par nos lois, prose et vers, tout nous sera soumis.
Nul n'aura de l'esprit, hors nous et nos amis.
925   Nous chercherons partout à trouver à redire,
Et ne verrons que nous qui sache[284] bien écrire.

Scène 3
L'ÉPINE, TRISSOTIN, PHILAMINTE,
BÉLISE, ARMANDE, HENRIETTE, VADIUS

L'ÉPINE[285]

Monsieur, un homme est là qui veut parler à vous.
Il est vêtu de noir, et parle d'un ton doux[286].

TRISSOTIN

C'est cet ami savant qui m'a fait tant d'instance[287]
930   De lui donner l'honneur de votre connaissance[288].

---

283 C'est l'équivalent de notre *tout* adverbe.
284 Qui sachions. Au grand dam de Vaugelas, l'accord du verbe en personne
   est parfois négligé.
285 Il s'adresse à Trissotin.
286 Il n'est pas impossible que Ménage, que Molière vise à travers Vadius,
   ait parlé d'ordinaire d'un ton doux.
287 *Instance* : prière, sollicitation.
288 Tous se sont levés et Trissotin va au-devant de Vadius qu'il va introduire
   auprès des femmes savantes.

PHILAMINTE

Pour le faire venir, vous avez tout crédit.
Faisons bien les honneurs au moins de notre esprit.
Holà[289] ! Je vous ai dit en paroles bien claires,
Que j'ai besoin de vous.

HENRIETTE

                    Mais pour quelles affaires ?

PHILAMINTE

935 Venez, on va dans peu vous les faire savoir.

TRISSOTIN

Voici l'homme qui meurt du désir de vous voir.
En vous le produisant[290], je ne crains point le blâme
D'avoir admis chez vous un profane[291], Madame ;
Il peut tenir son coin[292] parmi les beaux esprits. [51]

PHILAMINTE

940 La main qui le présente en dit assez le prix.

TRISSOTIN

Il a des vieux auteurs la pleine intelligence,
Et sait du grec[293], Madame, autant qu'homme de
                                        [France.

---

289 À Henriette qui veut sortir.
290 *Produire* : présenter, introduire, montrer.
291 *Profane*, au sens de « qui n'est pas initié à un art » n'apparaît qu'à la fin
     du siècle, selon Furetière.
292 « On dit à la paume qu'un homme *tient bien son coin* quand il sait bien soutenir
     et renvoyer les coups qui viennent de son côté, et figurément qu'un homme
     tient bien son coin dans une conversation, dans un pourparler d'affaires
     quand il parle juste et à propos lorsque son tour vient de parler » (Furetière).
293 Ménage, fort bon helléniste, traduisait du grec et composait même des
     vers grecs.

PHILAMINTE

Du grec, ô Ciel! du grec! Il sait du grec, ma sœur!

BÉLISE

Ah! ma nièce, du grec!

ARMANDE

Du grec! quelle douceur!

PHILAMINTE

945 Quoi? Monsieur sait du grec? Ah! permettez, de
[grâce,
Que pour l'amour du grec, Monsieur, on vous
[embrasse.
(*Il les baise*[294] *toutes, jusques à Henriette qui le refuse.*)

HENRIETTE

Excusez-moi, Monsieur, je n'entends pas le grec.

PHILAMINTE

J'ai pour les livres grecs un merveilleux respect.

VADIUS

Je crains d'être fâcheux, par l'ardeur qui m'engage
950 À vous rendre aujourd'hui, Madame, mon hommage,
Et j'aurai pu troubler quelque docte entretien[295].

PHILAMINTE

Monsieur, avec du grec on ne peut gâter rien.

---

294 *Baiser*, c'est donner un baiser, alors qu'*embrasser* est prendre dans ses
bras.
295 Et je m'excuse de troubler peut-être quelque docte entretien.

TRISSOTIN

Au reste il fait merveille en vers ainsi qu'en prose,
Et pourrait, s'il voulait, vous montrer quelque chose.

VADIUS

955   Le défaut des auteurs dans leurs productions,
C'est d'en tyranniser les conversations[296],
D'être au Palais, au Cours, aux ruelles[297], aux tables,
De leurs vers fatigants lecteurs infatigables.
Pour moi je ne vois rien de plus sot à mon sens, [E ij] [52]
960   Qu'un auteur qui partout va gueuser des encens[298],
Qui des premiers venus saisissant les oreilles,
En fait le plus souvent les martyrs de ses veilles[299].
On ne m'a jamais vu ce fol entêtement ;
Et d'un Grec[300] là-dessus je suis le sentiment,
965   Qui par un dogme exprès défend à tous ses sages
L'indigne empressement de lire leurs ouvrages.
Voici de petits vers pour de jeunes amants,
Sur quoi je voudrais bien avoir vos sentiments.

TRISSOTIN

Vos vers ont des beautés que n'ont point tous les
                               [autres.

VADIUS

970   Les Grâces et Vénus règnent dans tous les vôtres.

---

296 Le pédant doit souligner avec quelque excès les diérèses à la rime.
297 Pour le *Palais*, voir la note du vers 266. Le *Cours* par excellence était la pro-
    menade du Cours-la-Reine. Les *ruelles* sont « les alcôves et lieux parés où les
    dames reçoivent leurs visites, soit dans le lit, soit sur des sièges » (Furetière).
298 Mendier (*gueuser*) des flatteries (*encens*).
299 Cet auteur martyrise les oreilles des premiers venus en leur lisant ses
    productions (le produit de ses *veilles*).
300 Sans doute Épicure.

TRISSOTIN

Vous avez le tour libre, et le beau choix des mots.

VADIUS

On voit partout chez vous l'*ithos* et le *pathos*[301].

TRISSOTIN

Nous avons vu de vous des églogues[302] d'un style,
Qui passe en doux attraits Théocrite et Virgile.

VADIUS

975   Vos odes ont un air noble, galant et doux,
Qui laisse de bien loin votre Horace[303] après vous.

TRISSOTIN

Est-il rien d'amoureux comme vos chansonnettes ?

VADIUS

Peut-on voir rien d'égal aux sonnets que vous faites ?

TRISSOTIN

980   Rien qui soit plus charmant que vos petits rondeaux ?

VADIUS

Rien de si plein d'esprit que tous vos madrigaux ?

---

301 *L'ithos*, avec la prononciation du grec moderne, c'est l'éthos, les mœurs, et
le *pathos*, les sentiments, les passions – selon Aristote, puis les théoriciens
de la rhétorique Cicéron et Quintilien.

302 En 1668, au début de ses *Poemata*, Ménage avait placé un livre d'églogues.
Théocrite, avec ses *Idylles*, est le créateur du genre bucolique en Grèce ;
chez les Latins, Virgile suivait son chemin dans ses *Bucoliques*. *Églogues*
désigne les poèmes de ce genre pastoral.

303 Le poète latin Horace a laissé quatre livres d'*Odes*. Ce genre de poème
lyrique, illustré chez les Grecs par Pindare, a été pratiqué par les modernes,
pour célébrer hautement personnages ou événements, ou pour exprimer
des sentiments plus familiers.

TRISSOTIN   [53]

Aux ballades surtout vous êtes admirable.

VADIUS

Et dans les bouts-rimés je vous trouve adorable[304].

TRISSOTIN

Si la France pouvait connaître votre prix,

VADIUS

Si le siècle rendait justice aux beaux esprits,

TRISSOTIN

985 En carrosse doré vous iriez par les rues.

VADIUS

On verrait le public vous dresser des statues.
Hom. C'est une ballade, et je veux que tout net
Vous m'en…

TRISSOTIN

            Avez-vous vu certain petit sonnet
Sur la fièvre qui tient la princesse Uranie ?

VADIUS

990 Oui, hier il me fut lu dans une compagnie.

TRISSOTIN

Vous en savez l'auteur ?

---

304 Si le *sonnet* et le *madrigal* sont un héritage de la Renaissance, le *rondeau* et la *ballade* sont des poèmes à forme fixe hérités du Moyen Âge. Les *bouts-rimés* sont des bouts de vers en forme de rimes données d'avance à un auteur pour composer des vers sur un sujet imposé ou non ; *bout-rimé* finit donc par désigner généralement une pièce de vers composée sur des rimes données. C'est un jeu poétique du XVIIe siècle.

VADIUS

Non ; mais je sais fort bien,
Qu'à ne le point flatter, son sonnet ne vaut rien.

TRISSOTIN

Beaucoup de gens pourtant le trouvent admirable.

VADIUS

Cela n'empêche pas qu'il ne soit misérable[305] ;
995   Et si vous l'avez vu, vous serez de mon goût.

TRISSOTIN

Je sais que là-dessus je n'en suis point du tout,
Et que d'un tel sonnet peu de gens sont capables.

VADIUS

Me préserve le Ciel d'en faire de semblables !

TRISSOTIN   [E iij] [54]
Je soutiens qu'on ne peut en faire de meilleur ;
1000   Et ma grande raison, c'est que j'en suis l'auteur.

VADIUS

Vous ?

TRISSOTIN

Moi.

VADIUS

Je ne sais donc comment se fit l'affaire.

---

305 Mauvais, sans valeur.

TRISSOTIN

C'est qu'on fut malheureux de ne pouvoir vous plaire.

VADIUS

Il faut qu'en écoutant j'aie eu l'esprit distrait,
Ou bien que le lecteur m'ait gâté[306] le sonnet.
1005 Mais laissons ce discours, et voyons ma ballade

TRISSOTIN

La ballade, à mon goût, est une chose fade.
Ce n'en est plus la mode ; elle sent son vieux temps.

VADIUS

La ballade pourtant charme beaucoup de gens.

TRISSOTIN

Cela n'empêche pas qu'elle ne me déplaise.

VADIUS

1010 Elle n'en reste pas pour cela plus mauvaise.

TRISSOTIN

Elle a pour les pédants de merveilleux appâts.

VADIUS

Cependant nous voyons qu'elle ne vous plaît pas.

TRISSOTIN

Vous donnez sottement vos qualités aux autres.

VADIUS

Fort impertinemment vous me jetez les vôtres.

---

306 *Gâter* : mettre à mal, endommager.

TRISSOTIN

1015 Allez, petit grimaud[307], barbouilleur de papier.

VADIUS   [55]

Allez, rimeur de balle[308], opprobre du métier.

TRISSOTIN

Allez, fripier d'écrits, impudent plagiaire[309].

VADIUS

Allez, cuistre[310]…

PHILAMINTE

                    Eh ! Messieurs, que prétendez-
                    [vous faire ?

TRISSOTIN

Va, va restituer tous les honteux larcins
1020 Que réclament sur toi les Grecs et les Latins.

VADIUS

Va, va-t'en faire amende honorable au Parnasse[311],

---

307 *Grimaud* est un terme injurieux « dont les grands écoliers se servent
pour injurier les petits » (Furetière). Trissotin insulte ici Vadius en le
présentant comme un écrivain sans talent.

308 Les *marchandises de balle* sont celles que transportent les colporteurs dans
leurs ballot, qui passent pour de moindre valeur ; *de balle* signifie donc
« de pacotille ». Un *rimeur de balle* est un très médiocre poète.

309 Au sens propre, un *fripier* fait le commerce de vêtements d'occasion et de
toutes sortes d'objets usagés ; un *fripier d'écrits* désigne donc un plagiaire, un
« compilateur maladroit et sans goût » selon les dictionnaires de l'Académie
du XIXᵉ siècle. De fait, Ménage avait été souvent accusé de plagiats.

310 Désignant à l'origine un valet de collège, *cuistre* pend le sens de « pédant »
après le milieu du XVIIᵉ siècle.

311 Là où siègent Apollon et ses Muses, aptes à juger le poète plagiaire
qui a emprunté à Horace en le défigurant (*estropier*) ; c'est là qu'il doit

D'avoir fait à tes vers estropier Horace.

TRISSOTIN
Souviens-toi de ton livre, et de son peu de bruit[312].

VADIUS
Et toi, de ton libraire à l'hôpital[313] réduit.

TRISSOTIN
1025 Ma gloire est établie, en vain tu la déchires.

VADIUS
Oui, oui, je te renvoie à l'auteur des *Satires*[314].

TRISSOTIN
Je t'y renvoie aussi.

VADIUS
                      J'ai le contentement,
Qu'on voit qu'il m'a traité plus honorablement.
Il me donne en passant une atteinte légère
1030 Parmi plusieurs auteurs[315] qu'au Palais on révère ;
Mais jamais dans ses vers il ne te laisse en paix,
Et l'on t'y voit partout être en butte à ses traits.

---

faire amende honorable. Au XVIIᵉ siècle, comme sous l'Ancien Régime,
l'amende honorable était une peine infamante qui obligeait le coupable
à reconnaître publiquement son crime et en demander pardon.

312 *Bruit* : notoriété, renom.

313 Assez largement au XVIIᵉ siècle, *l'hôpital* accueillait gratuitement pauvres,
infirmes, enfants, malades, mendiants et prostituées.

314 Il s'agit de Boileau, dont les *Satires* portent quelques traits légers à Ménage-
Vadius (*Satires* II, version non publiée, et IV), mais qui s'acharnent sur
Cotin-Trissotin (*Satires* III, VIII, IX, X, etc.).

315 Chapelain essentiellement, autre cible de Boileau ; comme ceux de tous
ces écrivains, les ouvrages de Chapelain se vendaient dans la galerie du
Palais.

TRISSOTIN

C'est par là que j'y tiens un rang plus honorable.
Il te met dans la foule ainsi qu'un misérable.
1035 Il croit que c'est assez d'un coup pour
[t'accabler, [E iiij] [56]
Et ne t'a jamais fait l'honneur de redoubler.
Mais il m'attaque à part, comme un noble
[adversaire³¹⁶
Sur qui tout son effort lui semble nécessaire,
Et ses coups contre moi redoublés en tous lieux,
1040 Montrent qu'il ne se croit jamais victorieux.

VADIUS

Ma plume t'apprendra quel homme je puis être.

TRISSOTIN

Et la mienne saura te faire voir ton maître.

VADIUS

Je te défie en vers, prose, grec et latin.

TRISSOTIN

Eh bien ! nous nous verrons seul à seul chez Barbin³¹⁷.

---

316 Le xviiᵉ siècle hésite entre *aversaire* et *adversaire* ; Molière écrit toujours
   aversaire. Nous modernisons cependant.
317 C'est une invitation à un combat singulier, à un duel ; mais à quel
   genre de duel chez le célèbre imprimeur-libraire *Barbin* (il imprime
   aussi Molière) ? En faisant assaut de libelles vengeurs ? à qui écrira le
   plus vite ? S'agira-t-il de se jeter des livres à la figure ? On peut tout
   imaginer, sauf un duel authentique entre les deux cuistres !

Scène 4

TRISSOTIN, PHILAMINTE, ARMANDE,
BÉLISE, HENRIETTE

TRISSOTIN

1045 À mon emportement ne donnez aucun blâme ;
      C'est votre jugement que je défends, Madame,
      Dans le sonnet qu'il a l'audace d'attaquer.

PHILAMINTE

      À vous remettre bien[318], je me veux appliquer.
      Mais parlons d'autre[319] affaire. Approchez, Henriette.
1050 Depuis assez longtemps mon âme s'inquiète[320]
      De ce qu'aucun esprit en vous ne se fait voir,
      Mais je trouve un moyen de vous en faire avoir.

HENRIETTE   [57]

      C'est prendre un soin pour moi qui n'est pas
                              [nécessaire :
      Les doctes entretiens ne sont point mon affaire.
1055 J'aime à vivre aisément[321], et dans tout ce qu'on dit,
      Il faut se trop peiner pour avoir de l'esprit.
      C'est une ambition[322] que je n'ai point en tête.
      Je me trouve fort bien, ma mère, d'être bête,
      Et j'aime mieux n'avoir que de communs propos,
1060 Que de me tourmenter pour dire de beaux mots.

PHILAMINTE

      Oui, mais j'y suis blessée, et ce n'est pas mon compte

---

318 À vous réconcilier.
319 D'une autre.
320 Trois syllabes.
321 *Aisément* : sans contrainte.
322 Diérèse intéressante.

De souffrir dans mon sang une pareille honte.
La beauté du visage est un frêle ornement,
Une fleur passagère, un éclat d'un moment,
1065   Et qui n'est attaché qu'à la simple épiderme[323] ;
Mais celle de l'esprit est inhérente[324] et ferme.
J'ai donc cherché longtemps un biais de[325] vous
                                    [donner
La beauté que les ans ne peuvent moissonner,
De faire entrer chez vous le désir des sciences,
1070   De vous insinuer les belles connaissances ;
Et la pensée enfin où mes vœux ont souscrit,
C'est d'attacher à vous un homme plein d'esprit,
Et cet homme est Monsieur, que je vous détermine[326]
À voir comme l'époux que mon choix vous destine.

HENRIETTE

1075   Moi, ma mère ?

PHILAMINTE

Oui, vous. Faites la sotte un peu.

BÉLISE[327]

Je vous entends. Vos yeux demandent mon aveu,
Pour engager ailleurs un cœur que je possède.
Allez, je le veux bien. À ce nœud je vous cède,
C'est un hymen qui fait votre établissement.

---

323 Le genre du mot *épiderme* est encore incertain au XVIIe siècle, et Molière choisit le féminin, qu'il faut garder sous peine de détruire le vers.
324 *Inhérent* : qui tient fermement, durable.
325 Un moyen de.
326 *Déterminer* : décider, arrêter. Monsieur est l'homme que j'ai décidé de vous donner comme époux, et que je vous ordonne de considérer comme tel, dit Philaminte en montrant Trissotin.
327 Bélise s'adresse à Trissotin qu'elle croit aussi, dans son habituelle folie, amoureux d'elle ; elle le libère de cet amour pour qu'il puisse se marier, s'établir !

TRISSOTIN[328]   [58]

1080   Je ne sais que vous dire en mon ravissement,
       Madame, et cet hymen dont je vois qu'on m'honore
       Me met…

HENRIETTE

       Tout beau, Monsieur, il n'est pas fait
                                              [encore ;
       Ne vous pressez pas tant.

PHILAMINTE

                              Comme vous répondez !
       Savez-vous bien que si… Suffit, vous m'entendez.
1085   Elle[329] se rendra sage ; allons, laissons-la faire.

Scène 5

HENRIETTE, ARMANDE

ARMANDE

       On voit briller pour vous les soins de notre mère ;
       Et son choix ne pouvait d'un plus illustre époux…

HENRIETTE

       Si le choix est si beau, que ne le prenez-vous ?

ARMANDE

       C'est à vous, non à moi, que sa main est donnée.

HENRIETTE

1090   Je vous le cède tout, comme à ma sœur aînée.

---

328 À Henriette.
329 Henriette. Ce dernier vers est adressé à Trissotin.

ARMANDE

Si l'hymen comme à vous me paraissait charmant[330],
J'accepterais votre offre avec ravissement.

HENRIETTE

Si j'avais comme vous les pédants dans la tête,
Je pourrais le trouver un parti fort honnête[331].

ARMANDE   [59]

1095 Cependant, bien qu'ici nos goûts soient différents,
Nous devons obéir, ma sœur, à nos parents ;
Une mère a sur nous une entière puissance[332],
Et vous croyez en vain par votre résistance...

Scène 6
CHRYSALE, ARISTE, CLITANDRE,
HENRIETTE, ARMANDE

CHRYSALE[333]

Allons, ma fille, il faut approuver mon dessein.
1100 Ôtez ce gant. Touchez à Monsieur dans la main[334],
Et le considérez désormais dans votre âme
En homme dont je veux que vous soyez la femme.

ARMANDE

De ce côté, ma cœur, vos penchants sont fort grands.

---

330 Toujours le sens fort de *charmant*.
331 *Honnête* : honorable.
332 Revendication plaisante du féminisme d'Armande : la puissance qui
compte est alors celle du père.
333 Chrysale entre et s'adresse à Henriette en lui présentant Clitandre.
334 *Toucher dans la main à quelqu'un* (les gants étant donc ôtés), c'est lui
donner la main en signe d'accord. Son père invite Henriette à accepter
Clitandre pour mari.

HENRIETTE

Il nous faut obéir, ma sœur, à nos parents ;
1105   Un père a sur nos vœux une entière puissance.

ARMANDE

Une mère a sa part à notre obéissance[335].

CHRYSALE

Qu'est-ce à dire ?

ARMANDE

                    Je dis que j'appréhende fort
Qu'ici ma mère et vous ne soyez pas d'accord,
Et c'est un autre époux…

CHRYSALE

                    Taisez-vous, péronnelle[336] !
1100   Allez philosopher tout le soûl avec elle,
Et de mes actions[337] ne vous mêlez en rien.   [60]
Dites-lui ma pensée, et l'avertissez bien
Qu'elle ne vienne pas m'échauffer les oreilles ;
Allons vite.

ARISTE

                    Fort bien ; vous faites des merveilles.

CLITANDRE

1115   Quel transport[338] ! quelle joie ! ah ! que mon sort
                                        [est doux !

---

335 Il faut aussi obéir en partie à sa mère.
336 Femme ou jeune fille sotte et bavarde. Académie, 1694 indique que c'est
     un terme bas et méprisant employé « à l'égard d'une femme de peu ».
337 Diérèse.
338 Que je suis transporté de joie !

CHRYSALE

Allons, prenez sa main, et passez devant nous.
Menez-là dans sa chambre. Ah ! les douces caresses !
Tenez, mon cœur s'émeut à toutes ces tendresses,
1120   Et je me ressouviens de mes jeunes amours.

Fin du troisième acte.

ACTE IV   [61]

Scène PREMIÈRE

ARMANDE, PHILAMINTE

ARMANDE

Oui, rien n'a retenu son esprit en balance[339].
Elle a fait vanité de son obéissance.
Son cœur, pour se livrer, à peine devant moi
S'est-il donné le temps d'en recevoir la loi[340],
1125   Et semblait suivre moins les volontés d'un père,
Qu'affecter[341] de braver les ordres d'une mère.

PHILAMINTE

Je lui montrerai bien aux lois de qui des deux
Les droits de la raison soumettent tous ses vœux,
Et qui doit gouverner, ou sa mère, ou son père,
1130   Ou l'esprit, ou le corps, la forme ou la matière[342].

---

339 *Être en balance* : hésiter.
340 À peine son cœur s'est-il donné le temps de recevoir l'ordre de se livrer :
elle s'est précipitée pour obéir à son père.
341 *Affecter* : désirer, rechercher vivement.
342 Selon les péripatéticiens, toute chose est composée de *matière* (autrement dit d'un *corps*) et de *forme* (autrement dit d'un *esprit*, d'une âme

ARMANDE

On vous en devait bien au moins un compliment[343] ;
Et ce petit Monsieur en use étrangement[344],
De vouloir malgré nous devenir votre gendre.

PHILAMINTE

Il n'en est pas encore où son cœur peut prétendre.
1135   Je le trouvais bien fait, et j'aimais vos amours ;
Mais dans ses procédés il m'a déplu toujours.
Il sait que, Dieu merci, je me mêle d'écrire,   [62]
Et jamais il ne m'a prié[345] de lui rien lire.

Scène 2
CLITANDRE[346], ARMANDE, PHILAMINTE

ARMANDE

Je ne souffrirais point, si j'étais que de vous[347],
1140   Que jamais d'Henriette[348] il pût être l'époux.
On me ferait grand tort d'avoir quelque pensée,
Que là-dessus je parle en fille intéressée,
Et que le lâche tour que l'on voit qu'il me fait,
Jette au fond de mon cœur quelque dépit secret.
1145   Contre de pareils coups, l'âme se fortifie
Du solide secours de la philosophie,

---

raisonnable).
343 On vous devait bien la politesse (*compliment*) de vous consulter sur ce
projet de mariage.
344 De manière scandaleuse.
345 Selon l'ancienne règle, devant le complément (« de lui *rien* lire », de
lui dire quelque chose, de lui lire quoi que ce soit), le participe reste
invariable.
346 Il entre doucement et écoute sans se montrer (didascalie de 1734).
347 Je ne supporterais pas, si j'étais vous.
348 Diérèse.

Et par elle on se peut mettre au-dessus de tout.
Mais vous traiter ainsi, c'est vous pousser à bout.
Il est de votre honneur d'être à ses vœux contraire,
1150   Et c'est un homme enfin qui ne doit point vous
                                                [plaire.
Jamais je n'ai connu[349], discourant entre nous[350],
Qu'il eût au fond du cœur de l'estime pour vous.

PHILAMINTE

Petit sot !

ARMANDE

        Quelque bruit que votre gloire fasse[351],
Toujours à vous louer il a paru de glace.

PHILAMINTE

1155   Le brutal[352] !

ARMANDE   [63]
        Et vingt fois, comme ouvrages
                                            [nouveaux,
J'ai lu des vers de vous qu'il n'a point trouvés beaux[353].

PHILAMINTE

L'impertinent[354] !

ARMANDE

        Souvent nous en étions aux prises ;

_____

349 *Connaître* : discerner, remarquer.
350 Quand nous discourions entre nous, Clitandre et moi.
351 *Faire du bruit* : faire parler de soi.
352 *Brutal* : grossier, impoli.
353 C'est cette fois l'attribut *beaux* qui empêche l'accord de *trouvé*. Voir la
    note du v. 1138.
354 *L'impertinent* agit mal à propos, comme un sot.

Et vous ne croiriez point de combien de sottises…

CLITANDRE[355]

Eh ! doucement, de grâce ! Un peu de charité,
1160 Madame, ou tout au moins un peu d'honnêteté.
Quel mal vous ai-je fait ? et quelle est mon offense,
Pour armer contre moi toute votre éloquence ?
Pour vouloir me détruire[356], et prendre tant de soin
De me rendre odieux[357] aux gens dont j'ai besoin ?
1165 Parlez. Dites, d'où vient ce courroux effroyable ?
Je veux bien que Madame en soit juge équitable.

ARMANDE

Si j'avais le courroux dont on veut m'accuser,
Je trouverais assez de quoi l'autoriser[358] ;
Vous en seriez trop digne, et les premières flammes
1170 S'établissent des droits[359] si sacrés sur les âmes,
Qu'il faut perdre fortune, et renoncer au jour,
Plutôt que de brûler des feux d'un autre amour ;
Au changement de vœux nulle horreur ne s'égale,
Et tout cœur infidèle est un monstre en morale.

CLITANDRE

1175 Appelez-vous, Madame, une infidélité,
Ce que m'a de votre âme ordonné la fierté[360] ?
Je ne fais qu'obéir aux lois qu'elle m'impose ;
Et si je vous offense, elle seule en est cause.

355 Clitandre se montre et s'adresse à Armande.
356 *Détruire* : discréditer.
357 Trois syllabes.
358 *Autoriser* : justifier.
359 S'assurent des droits. – Pour ce couplet, *cf.* les propos d'Elvire dans *Dom Garcie de Navarre*, III, 2, vers 912-915.
360 *Fierté* : dureté, férocité.

Vos charmes[361] ont d'abord possédé tout mon cœur.
1180   Il a brûlé deux ans d'une constante ardeur ;
Il n'est soins[362] empressés, devoirs, respects,
                                        [services[363], [64]
Dont il ne vous ait fait d'amoureux sacrifices.
Tous mes feux, tous mes soins ne peuvent rien sur
                                        [vous,
Je vous trouve contraire à mes vœux les plus doux ;
1185   Ce que vous refusez, je l'offre au choix d'une autre.
Voyez. Est-ce, Madame, ou ma faute, ou la vôtre ?
Mon cœur court-il au change, ou si vous l'y
                                        [poussez[364] ?
Est-ce moi qui vous quitte, ou vous qui me chassez ?

ARMANDE

Appelez-vous, Monsieur, être à vos vœux contraire,
1190   Que de leur arracher ce qu'ils ont de vulgaire,
Et vouloir les réduire à cette pureté
Où du parfait amour consiste la beauté[365] ?
Vous ne sauriez pour moi tenir votre pensée
Du commerce des sens nette et débarrassée ?
1195   Et vous ne goûtez point dans ses plus doux appâts,
Cette union[366] des cœurs, où les corps n'entrent pas ?
Vous ne pouvez aimer que d'une amour grossière ?
Qu'avec tout l'attirail des nœuds de la matière ?
Et pour nourrir les feux que chez vous on produit,

---

361 La puissance de votre beauté.
362 *Soins* : assiduité et dévouement à la personne aimée.
363 *Services* : hommages empressés rendus à la femme aimée.
364 Est-ce mon cœur qui court au changement (*change*), ou est-ce vous qui l'y poussez ?
365 Le *parfait amour* est l'amour pur, platonique, débarrassé du corps et des sens.
366 Intéressante diérèse.

1200   Il faut un mariage[367], et tout ce qui s'ensuit ?
       Ah ! quel étrange amour[368] ! et que les belles âmes
       Sont bien loin de brûler de ces terrestres flammes !
       Les sens n'ont point de part à toutes leurs ardeurs,
       Et ce beau feu ne veut marier que les cœurs.
1205   Comme une chose indigne, il laisse là le reste.
       C'est un feu pur et net comme le feu céleste[369] ;
       On ne pousse avec lui que d'honnêtes soupirs,
       Et l'on ne penche point vers les sales désirs.
       Rien d'impur ne se mêle au but qu'on se propose.
1210   On aime pour aimer, et non pour autre chose.
       Ce n'est qu'à l'esprit seul que vont tous les
                                         [transports[370],
       Et l'on ne s'aperçoit jamais qu'on ait un corps.

                   CLITANDRE   [65]
       Pour moi, par un malheur[371], je m'aperçois, Madame,
       Que j'ai, ne vous déplaise, un corps tout comme
                                         [une âme.
1215   Je sens qu'il y tient trop[372], pour le laisser à part ;
       De ces détachements je ne connais point l'art ;
       Le Ciel m'a dénié cette philosophie,
       Et mon âme et mon corps marchent de compagnie.
       Il n'est rien de plus beau, comme vous avez dit,
1220   Que ces vœux épurés qui ne vont qu'à l'esprit,
       Ces unions[373] de cœurs, et ces tendres pensées,

---

367 Autre diérèse intéressante.
368 Amour scandaleux (*étrange*) aux yeux de celle qui prône l'amour épuré
     des sens.
369 Le *feu céleste* : le feu pur du soleil et des astres.
370 Les *transports* sont les manifestations de la passion.
371 Par malheur.
372 Je sens que mon corps est trop attaché, trop uni à mon âme.
373 Valeur presque ironique de la diérèse.

Du commerce des sens si bien débarrassées.
Mais ces amours pour moi sont trop subtilisés[374],
Je suis un peu grossier, comme vous m'accusez[375] ;
1225 J'aime avec tout moi-même, et l'amour qu'on me
                                              [donne
En veut, je le confesse, à toute la personne.
Ce n'est pas là matière à de grands châtiments ;
Et sans faire de tort à vos beaux sentiments[376],
Je vois que dans le monde on suit fort ma méthode,
1230 Et que le mariage est assez à la mode,
Passe pour un lien assez honnête et doux,
Pour avoir désiré de me voir votre époux[377],
Sans que la liberté d'une telle pensée
Ait dû vous donner lieu d'en paraître offensée.

ARMANDE

1235 Eh bien ! Monsieur, eh bien ! puisque sans m'écouter
Vos sentiments brutaux[378] veulent se contenter ;
Puisque pour vous réduire à des ardeurs fidèles,
Il faut des nœuds de chair, des chaînes corporelles,
Si ma mère le veut, je résous mon esprit
1140 À consentir pour vous à ce dont il s'agit.

CLITANDRE

Il n'est plus temps, Madame, une autre a pris la place ;
Et par un tel retour j'aurais mauvaise grâce
De maltraiter l'asile, et blessez les bontés   [F] [66]

---

374 *Subtilisés* : distillés, affinés, épurés.
375 Comme vous m'en accusez.
376 Sans blâmer vos beaux sentiments.
377 Le mariage passe pour un lien assez honorable (*honnête*) et doux pour
    que j'aie pu désirer devenir votre époux.
378 Est *brutal* ce qui digne de la brute, de la bête, ce qui est bestial.

Où je me suis sauvé de toutes vos fiertés[379].

PHILAMINTE

1245 Mais enfin comptez-vous, Monsieur, sur mon
                                          [suffrage[380],
Quand vous vous promettez cet autre mariage ?
Et dans vos visions[381] savez-vous, s'il vous plaît,
Que j'ai pour Henriette un autre époux tout prêt ?

CLITANDRE

Eh ! Madame, voyez votre choix[382], je vous prie ;
1250 Exposez-moi, de grâce, à moins d'ignominie,
Et ne me rangez pas à[383] l'indigne destin
De me voir le rival de Monsieur Trissotin.
L'amour des beaux esprits qui chez vous m'est
                                          [contraire
Ne pouvait m'opposer un moins noble adversaire.
1255 Il en est, et plusieurs, que pour le bel esprit
Le mauvais goût du siècle a su mettre en crédit ;
Mais Monsieur Trissotin n'a pu duper personne,
Et chacun rend justice aux écrits qu'il nous donne.
Hors céans[384], on le prise en tous lieux ce qu'il vaut ;
1260 Et ce qui m'a vingt fois fait tomber de mon haut,
C'est de vous voir au ciel élever des sornettes,
Que vous désavoueriez, si vous les aviez faites.

---

379 Voir *supra* au vers 1176.
380 *Suffrage* : approbation, appui.
381 *Visions* : idées chimériques. Le mot, sur lequel Philaminte appuie, compte
    trois syllabes.
382 Considérez un peu le choix (le choix que vous faites de Trissotin pour
    époux d'Henriette).
383 *Ranger à* : réduire à.
384 En dehors de ce logis.

PHILAMINTE

Si vous jugez de lui tout autrement que nous,
C'est que nous le voyons par d'autres yeux que vous.

Scène 3

TRISSOTIN, ARMANDE, PHILAMINTE, CLITANDRE

TRISSOTIN

1265   Je viens vous annoncer une grande nouvelle.
Nous l'avons en dormant, Madame, échappé belle :
Un monde[385] près de nous a passé tout du long,
Est chu tout au travers de notre tourbillon[386] ;
Et s'il eût en chemin rencontré notre terre,
1270   Elle eût été brisée en morceaux comme verre.

PHILAMINTE

Remettons ce discours pour une autre saison,
Monsieur n'y trouverait ni rime ni raison ;
Il fait profession[387] de chérir l'ignorance,
Et de haïr surtout l'esprit et la science.

CLITANDRE

1275   Cette vérité veut quelque adoucissement.
Je m'explique, Madame, et je hais seulement
La science et l'esprit qui gâtent les personnes.
Ce sont choses de soi qui sont belles et bonnes ;
Mais j'aimerais mieux être au rang des ignorants,

---

385 C'est-à-dire une comète.
386 Notre *tourbillon* est notre univers. Rappelons que, selon la physique cartésienne, le tourbillon est un mouvement de rotation qui aurait entraîné
la matière primitive et formé les astres par sa condensation. Voir *supra*
la note du vers 882.
387 Diérèse railleuse.

1280   Que de me voir savant comme de certaines gens.

TRISSOTIN

Pour moi je ne tiens pas, quelque effet qu'on suppose,
Que la science soit pour gâter quelque chose.

CLITANDRE

Et c'est mon sentiment qu'en faits, comme en
                                                    [propos[388],
La science est sujette à faire de grands sots.

TRISSOTIN   [F ij] [68]
1285   Le paradoxe est fort.

CLITANDRE
                            Sans être fort habile[389],
La preuve m'en serait, je pense, assez facile.
Si les raisons manquaient, je suis sûr qu'en tout cas
Les exemples fameux ne me manqueraient pas.

TRISSOTIN

Vous en pourriez citer qui ne concluraient guère.

CLITANDRE

1290   Je n'irais pas bien loin pour trouver mon affaire.

TRISSOTIN

Pour moi, je ne vois pas ces exemples fameux.

CLITANDRE

Moi, je les vois si bien, qu'ils me crèvent les yeux.

---

388 Dans les comportements comme dans les discours.
389 *Habile* : compétent.

TRISSOTIN

J'ai cru jusques ici que c'était l'ignorance
Qui faisait les grands sots, et non pas la science[390].

CLITANDRE

1295 Vous avez cru fort mal, et je vous suis garant
Qu'un sot savant est sot plus qu'un sot ignorant.

TRISSOTIN

Le sentiment commun est contre vos maximes,
Puisqu'*ignorant* et *sot* sont termes synonymes.

CLITANDRE

Si vous le voulez[391] prendre aux usages du mot,
1300 L'alliance[392] est plus grande entre *pédant* et *sot*.

TRISSOTIN

La sottise dans l'un se fait voir toute pure.

CLITANDRE

Et l'étude dans l'autre ajoute à la nature.

TRISSOTIN

Le savoir garde en soi son mérite éminent.

CLITANDRE   [69]

Le savoir dans un fat devient impertinent[393].

---

390 Diérèse emphatique.
391 Si vous voulez prendre la chose, cela (*le* est pronom neutre).
392 Trois syllabes.
393 Dans un sot (*fat*), le savoir devient déplacé et ridicule (*impertinent*).

TRISSOTIN

1305   Il faut que l'ignorance ait pour vous de grands
                                   [charmes[394],
        Puisque pour elle ainsi vous prenez tant les armes.

CLITANDRE

        Si pour moi l'ignorance a des charmes bien grands,
        C'est depuis qu'à mes yeux s'offrent certains savants.

TRISSOTIN

        Ces certains savants-là peuvent, à les connaître,
1310   Valoir certaines gens que nous voyons paraître[395].

CLITANDRE

        Oui, si l'on s'en rapporte à ces certains savants ;
        Mais on n'en convient pas chez ces certaines gens[396].

PHILAMINTE

        Il me semble, Monsieur[397]…

CLITANDRE

                                    Eh ! Madame, de grâce,
        Monsieur est assez fort, sans qu'à son aide on passe ;
1315   Je n'ai déjà que trop d'un si rude assaillant ;
        Et si je me défends, ce n'est qu'en reculant.

---

394 Comme toujours, charmes marque une attirance forte.
395 *Paraître*, ce peut être simplement « apparaître devant nous », ou, plus
     précisément, « se distinguer ».
396 Les *certains* (*certains savants*, *certaines gens*) signalent que le duel verbal se
     fait à fleurets quelque peu mouchetés ; mais les attaques personnelles
     sont transparentes pour des deux duellistes : les *certains savants* désigne
     le pédant Trissotin et les *certaines gens* l'homme de cour Clitandre.
397 Elle s'adresse à Clitandre.

ARMANDE

Mais l'offensante aigreur de chaque repartie
Dont vous…

CLITANDRE

Autre second[398], je quitte la partie.

PHILAMINTE

On souffre[399] aux entretiens ces sortes de combats,
1320   Pourvu qu'à la personne on ne s'attaque pas.

CLITANDRE

Eh! mon Dieu, tout cela n'a rien dont il[400] s'offense;
Il entend raillerie[401] autant qu'homme de France;
Et de bien d'autres traits il s'est senti piquer,
Sans que jamais sa gloire ait fait que s'en moquer[402].

TRISSOTIN   [70]

1325   Je ne m'étonne pas, au combat que j'essuie,
De voir prendre à Monsieur la thèse qu'il appuie.
Il est fort enfoncé[403] dans la cour, c'est tout dit[404].
La cour, comme l'on sait, ne tient pas pour l'esprit,
Elle a quelque intérêt d'appuyer l'ignorance,
1330   Et c'est en courtisan qu'il en prend la défense.

---

398 Après sa mère, Armande viendrait tenir lieu de second à Trissotin dans
   son duel contre Clitandre.
399 *Souffrir* : admettre, supporter.
400 *Il* c'est Trissotin.
401 Il s'avère que, justement, Cotin, le modèle Trissotin, n'entendait pas
   raillerie !
402 Toutes les attaques dont il a été l'objet n'ont entamé en rien son amour-
   propre, sa *gloire*.
403 *Enfoncé*, au figuré : qui fréquente assidûment une société.
404 Tout est dit, c'est tout dire.

CLITANDRE

Vous en voulez beaucoup à cette pauvre cour,
Et son malheur est grand, de voir que chaque jour,
Vous autres beaux esprits, vous déclamiez contre elle,
Que de tous vos chagrins vous lui fassiez querelle,
1335 Et sur son méchant[405] goût lui faisant son procès,
N'accusiez que lui seul de vos méchants succès.
Permettez-moi, Monsieur Trissotin, de vous dire,
Avec tout le respect que votre nom m'inspire,
Que vous feriez fort bien, vos confrères et vous,
1340 De parler de la cour d'un ton un peu plus doux ;
Qu'à le bien prendre, au fond, elle n'est pas si bête
Que vous autres Messieurs vous vous mettez en tête ;
Qu'elle a du sens commun pour se connaître à tout ;
Que chez elle on se peut former quelque bon goût ;
1345 Et que l'esprit du monde y vaut, sans flatterie,
Tout le savoir obscur de la pédanterie[406].

TRISSOTIN

De son bon goût, Monsieur, nous voyons des effets.

CLITANDRE

Où voyez-vous, Monsieur, qu'elle l'ait si mauvais ?

TRISSOTIN

Ce que je vois, Monsieur, c'est que pour la science
1350 Rasius et Baldus font honneur à la France,
Et que tout leur mérite exposé fort au jour,   [71]

---

405 *Méchant* : mauvais.
406 Comme le Dorante de *La Critique de L'École des femmes* (scène 6), Clitandre
défend la cour, où on a de l'esprit mais où on méprise les pédants, comme
le font tous les mondains.

N'attire point les yeux et les dons de la cour[407].

CLITANDRE

Je vois votre chagrin, et que par modestie
Vous ne vous mettez point, Monsieur, de la partie[408] ;
1355 Et pour ne vous point mettre aussi dans le propos,
Que font-ils pour l'État, vos habiles héros ?
Qu'est-ce que leurs écrits lui rendent de service,
Pour accuser la cour d'une horrible injustice,
Et se plaindre en tous lieux que sur leurs doctes noms
1360 Elle manque à verser la faveur de ses dons ?
Leur savoir à la France est beaucoup nécessaire,
Et des livres qu'ils font la cour a bien affaire.
Il semble à trois gredins[409], dans leur petit cerveau,
Que pour être imprimés, et reliés en veau[410],
1365 Les voilà dans l'État d'importantes personnes ;
Qu'avec leur plume ils font les destins des couronnes ;
Qu'au moindre petit bruit de leurs productions,
Ils doivent voir chez eux voler les pensions[411] ;
Que sur eux l'univers a la vue attachée,
1370 Que partout de leur nom la gloire est épanchée,

---

407 Le pouvoir royal gratifiait écrivains et savants – aux noms en -us – français
et étrangers, depuis 1663. Vers 1671-1672, on trouve moins de savants
en –us sur les listes. Mais le dépit de Trissotin est surtout personnel :
Trissotin-Cotin, comme Vadius-Ménage, avait été supprimé de la liste
des pensionnés. La cour les considérait, eux et leur savoir, comme inutiles
à l'État.

408 Bien que Trissotin ne se cite pas parmi les savants injustement traités
par le pouvoir (*il ne se met pas de la partie*), son irritation (son *chagrin*)
vient bien de cela.

409 Figurément, selon le *Dictionnaire* de l'Académie, en 1694, *gredin* se dit
« d'une personne qui n'a ni bien, ni naissance, ni bonne qualité ». Ces
trois gredins sont-ils, outre Rasius et Baldus, qui sont nommés par lui,
Trissotin, qui ne se cite pas ?

410 On utilisait la peau des jeunes bovins pour la reliure des livres.

411 Deux diérèses à la rime.

Et qu'en science[412] ils font des prodiges fameux,
Pour savoir ce qu'ont dit les autres avant eux,
Pour avoir eu trente ans des yeux et des oreilles,
Pour avoir employé neuf ou dix mille veilles
1375 À se bien barbouiller de grec et de latin,
Et se charger l'esprit d'un ténébreux[413] butin
De tous les vieux fatras qui traînent dans les livres ;
Gens qui de leur savoir paraissent toujours ivres,
Riches, pour tout mérite, en babil importun,
1380 Inhabiles à tout, vuides de sens commun,
Et pleins d'un ridicule, et d'une impertinence[414]
À décrier partout l'esprit et la science.

PHILAMINTE   [72]
Votre chaleur est grande, et cet emportement
De la nature en vous marque le mouvement.
1385 C'est le nom de rival qui dans votre âme excite…

Scène 4
JULIEN, TRISSOTIN, PHILAMINTE,
CLITANDRE, ARMANDE

JULIEN
Le savant qui tantôt vous a rendu visite,
Et de qui j'ai l'honneur de me voir le valet,
Madame, vous exhorte à lire ce billet.

PHILAMINTE
Quelque important que soit ce qu'on veut que je lise,

---

412 Autre diérèse.
413 *Ténébreux* : obscur pour l'esprit, difficile à comprendre.
414 *Impertinence* : sottise.

1390   Apprenez, mon ami, que c'est une sottise
        De se venir jeter au travers d'un discours,
        Et qu'aux gens d'un logis[415] il faut avoir recours,
        Afin de s'introduire en valet qui sait vivre.

                        JULIEN
        Je noterai cela, Madame, dans mon livre[416].

                    PHILAMINTE *lit.*
        Trissotin s'est vanté, Madame, qu'il épouserait votre fille.
        Je vous donne avis que sa philosophie n'en veut qu'à vos
        richesses, et que vous ferez bien de ne point conclure ce mariage
        que[417] *vous n'ayez vu le poème que je compose contre lui. En*
        attendant cette peinture où je prétends vous le dépeindre de
        toutes ses couleurs, je vous envoie Horace, Virgile, Térence
        et Catulle, où vous verrez notés en marge tous les endroits
        qu'il a pillés[418].

                    PHILAMINTE *poursuit.*   [73]
1395   Voilà sur cet hymen que je me suis promis
        Un mérite attaqué de beaucoup d'ennemis ;
        Et ce déchaînement aujourd'hui me convie,
        À faire une action[419] qui confonde l'envie,
        Qui lui fasse sentir que l'effort qu'elle fait,
1400   De ce qu'elle veut rompre aura pressé l'effet.
        Reportez[420] tout cela sur l'heure à votre maître,

---

415 Aux serviteurs de la maison.
416 Valet d'un savant, Julien en singe le langage ampoulé et l'imite en tenant
     un livre où sont probablement notées des citations de choses entendues
     ou lues.
417 Avant que.
418 Les pédants s'accusaient volontiers de plagiats.
419 La diérèse souligne le ton volontaire.
420 Elle s'adresse alors à Julien.

Et lui dites, qu'afin de lui faire connaître
Quel grand état je fais de ses nobles avis,
Et comme je les crois dignes d'être suivis,
1405　Dès ce soir à Monsieur je marierai ma fille.
Vous[421], Monsieur, comme ami de toute la famille,
À signer leur contrat vous pourrez assister,
Et je vous y veux bien, de ma part[422], inviter.
Armande, prenez soin d'envoyer au notaire,
1410　Et d'aller avertir votre sœur de l'affaire.

ARMANDE
Pour avertir ma sœur, il n'en est pas besoin,
Et Monsieur que voilà, saura prendre le soin
De courir lui porter bientôt cette nouvelle,
Et disposer son cœur à vous être rebelle.

PHILAMINTE
1415　Nous verrons qui sur elle aura plus de pouvoir,
Et si je la saurai réduire à[423] son devoir. (*Elle s'en va.*)

ARMANDE
J'ai grand regret, Monsieur, de voir qu'à vos visées,
Les choses ne soient pas tout à fait disposées.

CLITANDRE
Je m'en vais travailler, Madame, avec ardeur,
1420　À ne vous point laisser ce grand regret au cœur.

ARMANDE
J'ai peur que votre effort n'ait pas trop bonne issue.

---

421 À Clitandre.
422 Pour moi, de mon côté.
423 *Réduire à* : contraindre à.

CLITANDRE [G] [74]
Peut-être verrez-vous votre crainte déçue.

ARMANDE
Je le souhaite ainsi.

CLITANDRE
J'en suis persuadé,
Et que de votre appui je serai secondé.

ARMANDE
1425 Oui, je vais vous servir de toute ma puissance.

CLITANDRE
Et ce service est sûr de ma reconnaissance.

Scène 5
CHRYSALE, ARISTE, HENRIETTE, CLITANDRE

CLITANDRE
Sans votre appui, Monsieur, je serai malheureux.
Madame votre femme a rejeté mes vœux,
Et son cœur prévenu veut Trissotin pour gendre.

CHRYSALE
1430 Mais quelle fantaisie a-t-elle donc pu prendre ?
Pourquoi diantre vouloir ce Monsieur Trissotin ?

ARISTE
C'est par l'honneur qu'il a de rimer à latin[424],
Qu'il a sur son rival emporté l'avantage.

---

424 Ce *rimer* à latin s'explique mal, mais devrait se comprendre ainsi :
Trissotin fait des vers en latin, comme tous « les gens à latin » (v. 609)

CLITANDRE

Elle veut dès ce soir faire ce mariage.

CHRYSALE

1435   Dès ce soir?

CLITANDRE   [75]

Dès ce soir.

CHRYSALE

Et dès ce soir je veux,
Pour la contrecarrer, vous marier vous deux.

CLITANDRE

Pour dresser le contrat elle envoie au notaire.

CHRYSALE

Et je vais le quérir pour celui qu'il doit faire.

CLITANDRE

Et Madame[425] doit être instruite pas sa sœur,
1440   De l'hymen où l'on veut qu'elle apprête son cœur.

CHRYSALE

Et moi, je lui commande avec pleine puissance,
De préparer sa main à cette autre alliance.
Ah! je leur ferai voir, si pour donner la loi,
Il est dans ma maison d'autre maître que moi.
1445   Nous allons revenir, songez à nous attendre.
Allons, suivez mes pas, mon frère, et vous, mon
                                        [gendre.

_____

que fréquentent les femmes savantes. Selon l'annotateur de la nouvelle
édition de la Pléiade, il y aurait ici un jeu de mot (n. 19, p. 1540).
425 Il montre Henriette.

HENRIETTE[426]

Hélas ! dans cette humeur conservez-le toujours.

ARISTE

J'emploierai toute chose à servir vos amours.

CLITANDRE[427]

Quelque secours puissant qu'on promette à ma
                                                    [flamme,
1450   Mon plus solide espoir, c'est votre cœur, Madame.

HENRIETTE

Pour mon cœur vous pouvez vous assurer de lui.

CLITANDRE

Je ne puis qu'être heureux, quand j'aurai son appui.

HENRIETTE

Vous voyez à quels nœuds on prétend le contraindre.

CLITANDRE

Tant qu'il sera pour moi je ne vois rien à craindre

HENRIETTE   [G ij] [76]

1455   Je vais tout essayer pour nos vœux les plus doux ;
Et si tous mes efforts ne me donnent à vous,
Il est une retraite où notre âme se donne,
Qui m'empêchera d'être à toute autre personne[428].

CLITANDRE

Veuille le juste Ciel me garder en ce jour,

---

426 À Ariste.
427 À Henriette.
428 C'est-à-dire le couvent.

1460   De recevoir de vous cette preuve d'amour !

Fin du quatrième acte.

ACTE V

Scène PREMIÈRE
HENRIETTE, TRISSOTIN

HENRIETTE
C'est sur le mariage où ma mère s'apprête,
Que j'ai voulu, Monsieur, vous parler tête-à-tête ;
Et j'ai cru, dans le trouble où je vois la maison,
Que je pourrais vous faire écouter la raison.
1465   Je sais qu'avec mes vœux[429] vous me jugez capable
De vous porter en dot un bien considérable.
Mais l'argent dont on voit tant de gens faire cas,
Pour un vrai philosophe a d'indignes appâts ;
Et le mépris du bien[430] et des grandeurs frivoles,
1470   Ne doit point éclater[431] dans vos seules paroles.

TRISSOTIN
Aussi n'est-ce point là ce qui me charme en vous ;
Et vos brillants attraits, vos yeux perçants et doux,
Votre grâce et votre air sont les biens, les richesses,
Qui vous ont attiré mes vœux et mes tendresses ;
1475   C'est de ces seuls trésors que je suis amoureux.

---

429 Je sais que si j'accepte de vous épouser.
430 Cotin, le modèle de Trissotin, avait composé une épigramme sur le
    « Mépris des richesses ».
431 Éclater : apparaître ouvertement, se manifester.

HENRIETTE [G iij] [78]

Je suis fort redevable à vos feux généreux[432] ;
Cet obligeant amour a de quoi me confondre,
Et j'ai regret, Monsieur, de n'y pouvoir répondre.
Je vous estime autant qu'on saurait estimer,
1480   Mais je trouve un obstacle à vous pouvoir aimer.
Un cœur, vous le savez, à deux ne saurait être,
Et je sens que du mien Clitandre s'est fait maître.
Je sais qu'il a bien moins de mérite que vous,
Que j'ai de méchants yeux pour le choix d'un époux,
1485   Que par cent beaux talents vous devriez me plaire.
Je vois bien que j'ai tort, mais je n'y puis que faire ;
Et tout ce que sur moi peut le raisonnement,
C'est de me vouloir mal[433] d'un tel aveuglement.

TRISSOTIN

Le don de votre main où l'on me fait prétendre
1490   Me livrera ce cœur que possède Clitandre ;
Et par mille doux soins[434], j'ai lieu de présumer,
Que je pourrai trouver l'art de me faire aimer.

HENRIETTE

Non, à ses premiers vœux[435] mon âme est attachée,
Et ne peut de vos soins, Monsieur, être touchée.
1495   Avec vous librement j'ose ici m'expliquer,
Et mon aveu n'a rien qui vous doive choquer.

---

432 Les *feux généreux* désignent l'amour de Trissotin pour Henriette, que
    celui-ci proclame débarrassé de tout calcul mesquin (*généreux*), c'est-à-dire
    nullement intéressé par le bien d'Henriette.
433 C'est de me reprocher.
434 Les *soins* sont les assiduités et les marques de dévouement à la personne
    aimée.
435 À ses premiers désirs et engagements amoureux.

Cette amoureuse ardeur qui dans les cœurs s'excite[436]
N'est point, comme l'on sait, un effet du mérite ;
Le caprice[437] y prend part, et quand quelqu'un
                                      [nous plaît,
1500   Souvent nous avons peine à dire pourquoi c'est.
Si l'on aimait, Monsieur, par choix et par sagesse,
Vous auriez tout mon cœur et toute ma tendresse ;
Mais on voit que l'amour se gouverne autrement.
Laissez-moi, je vous prie, à mon aveuglement,
1505   Et ne vous servez point de cette violence[438]
Que pour vous on veut faire à mon obéissance.
Quand on est honnête homme, on ne veut rien
                                      [devoir [79]
À ce que des parents ont sur nous de pouvoir.
On répugne à se faire immoler ce qu'on aime,
1510   Et l'on veut n'obtenir un cœur que de lui-même.
Ne poussez point ma mère à vouloir par son choix
Exercer sur mes vœux la rigueur de ses droits.
Ôtez-moi votre amour[439], et portez à quelque autre
Les hommages d'un cœur aussi cher[440] que le vôtre.

TRISSOTIN

1515   Le moyen que ce cœur puisse vous contenter ?
Imposez-lui des lois qu'il puisse exécuter.
De ne vous point aimer peut-il être capable,
À moins que vous cessiez, Madame, d'être aimable,
Et d'étaler aux yeux les célestes appas...

---

436 *S'exciter* : s'élever, naître.
437 Le *caprice* circonscrit la part du goût soudain, de l'inclination inexplicable.
438 Intéressante diérèse.
439 Retirez-moi votre amour, et délivrez m'en.
440 *Cher* : précieux.

HENRIETTE

1520   Eh ! Monsieur, laissons-là ce galimatias.
Vous avez tant d'Iris, de Philis, d'Amarantes[441],
Que partout dans vos vers vous peignez si charmantes,
Et pour qui vous jurez tant d'amoureuse ardeur...

TRISSOTIN

C'est mon esprit qui parle, et ce n'est pas mon cœur.
1525   D'elles on ne me voit amoureux qu'en poète ;
Mais j'aime tout de bon l'adorable Henriette.

HENRIETTE

Eh ! de grâce, Monsieur...

TRISSOTIN

Si c'est vous offenser,
Mon offense envers vous n'est pas prête à cesser.
Cette ardeur, jusqu'ici de vos yeux ignorée,
1530   Vous consacre des vœux d'éternelle durée.
Rien n'en peut arrêter les aimables transports ;
Et bien que vos beautés condamnent mes efforts,
Je ne puis refuser le secours d'une mère   [G iiij] [80]
Qui prétend couronner une flamme si chère[442] ;
1535   Et pourvu que j'obtienne un bonheur si charmant[443],
Pourvu que je vous aie, il n'importe comment.

HENRIETTE

Mais savez-vous qu'on risque un peu plus qu'on ne
                                                    [pense

---

441 Noms poétiques des femmes aimées ; des madrigaux de Cotin pouvaient
être adressés à une *Philis* et à une *Amarante*.
442 Voir *supra* au vers 1514.
443 *Charmant* : qui attire comme un charme magique.

À vouloir sur un cœur user de violence ?
Qu'il ne fait pas bien sûr[444], à vous le trancher net[445],
1540   D'épouser une fille en dépit qu'elle en ait[446] ;
Et qu'elle peut aller, en se voyant contraindre,
À des ressentiments[447] que le mari doit craindre.

TRISSOTIN

Un tel discours n'a rien dont je sois altéré[448].
À tous événements le sage[449] est préparé.
1545   Guéri par la raison des faiblesses vulgaires[450],
Il se met au-dessus de ces sortes d'affaires,
Et n'a garde de prendre aucune ombre d'ennui[451]
De tout ce qui n'est pas pour dépendre de lui.

HENRIETTE

En vérité, Monsieur, je suis de vous ravie ;
1550   Et je ne pensais pas que la philosophie
Fût si belle qu'elle est, d'instruire ainsi les gens
À porter constamment[452] de pareils accidents.
Cette fermeté d'âme, à vous si singulière,
Mérite qu'on lui donne une illustre matière ;
1555   Est digne de trouver qui prenne avec amour,
Les soins continuels de la mettre en son jour[453] ;
Et comme, à dire vrai, je n'oserais me croire

---

444 Il n'est pas bien sûr.
445 *Le trancher net* : s'expliquer sans ambages.
446 *En dépit qu'on en ait* : malgré soi.
447 *Ressentiment* : sentiment en retour – ici donc la vengeance.
448 *Altérer* : troubler, émouvoir.
449 Le sage stoïcien.
450 *Vulgaire* : banal, commun.
451 *Ennui*, au sens fort : tourment, désespoir.
452 *Porter* : supporter ; *constamment* : avec fermeté, avec constance.
453 *Mettre en son jour* : mettre en lumière.

Bien propre à lui donner tout l'éclat de sa gloire,
Je le laisse à quelque autre[454], et vous jure entre nous,
1560 Que je renonce au bien[455] de vous voir mon époux.

TRISSOTIN[456]
Nous allons voir bientôt comment ira l'affaire ;
Et l'on a là-dedans fait venir le notaire.

Scène 2   [81]
CHRYSALE, CLITANDRE, MARTINE, HENRIETTE

CHRYSALE
Ah ! ma fille, je suis bien aise de vous voir.
Allons, venez-vous-en faire votre devoir,
1565 Et soumettre vos vœux aux volontés d'un père.
Je veux, je veux apprendre à vivre à votre mère ;
Et pour la mieux braver, voilà, malgré ses dents[457],
Martine que j'amène, et rétablis céans.

HENRIETTE
Vos résolutions sont dignes de louange.
1570 Gardez que cette humeur, mon père, ne vous
                                    [change[458].
Soyez ferme à vouloir ce que vous souhaitez,

---

454 Henriette raille et répète avec esprit son refus : elle laisse à une autre
le soin de faire briller la gloire de Trissotin à supporter avec fermeté la
vengeance du cocuage ! Elle laisse cela (*je le laisse*) à une autre épouse
du pédant.
455 *Bien* : bonheur ; honneur.
456 Sortant.
457 *Malgré ses dents* : malgré elle.
458 Ne change en vous.

Et ne vous laissez point séduire à vos bontés[459] ;
Ne vous relâchez pas, et faites bien en sorte
D'empêcher que sur vous ma mère ne l'emporte.

CHRYSALE

1575   Comment ? Me prenez-vous ici pour un benêt ?

HENRIETTE

M'en préserve le Ciel !

CHRYSALE

          Suis-je un fat[460], s'il vous plaît ?

HENRIETTE

Je ne dis pas cela.

CHRYSALE

          Me croit-on incapable
Des fermes sentiments d'un homme raisonnable ?

HENRIETTE

Non, mon, père.

CHRYSALE   [82]
          Est-ce donc qu'à l'âge où je me vois,
1580   Je n'aurais pas l'esprit d'être maître chez moi ?

HENRIETTE

Si fait.

---

459 Ne vous laissez pas entraîner par votre bonté naturelle. Quel joli euphé-
     misme pour parler de la lâcheté paternelle !
460 *Fat* : sot.

CHRYSALE

Et que j'aurais cette faiblesse d'âme,
De me laisser mener par le nez à ma femme[461] ?

HENRIETTE

Eh ! non, mon père[462].

CHRYSALE

                Ouais. Qu'est-ce donc que ceci ?
Je vous trouve plaisante à me parler ainsi.

HENRIETTE

1585   Si je vous ai choqué, ce n'est pas mon envie.

CHRYSALE

Ma volonté céans doit être en tout suivie.

HENRIETTE

Fort bien, mon père.

CHRYSALE

                Aucun, hors moi, dans la
                                    [maison,
N'a droit de commander.

HENRIETTE

                Oui, vous avez raison.

CHRYSALE

C'est moi qui tiens le rang de chef de la famille.

---

461 Par ma femme.
462 Le *e* final de *père*, placé à la fin de la réplique, et bien qu'avant le mono-
syllabique *Ouais*, n'est pas muet, contrairement à la règle.

HENRIETTE

1590   D'accord.

CHRYSALE

C'est moi qui dois disposer de ma fille.

HENRIETTE

Eh ! oui.

CHRYSALE

Le Ciel me donne un plein pouvoir sur
                              [vous.

HENRIETTE   [83]

Qui vous dit le contraire ?

CHRYSALE

                    Et pour prendre un
                              [époux,
Je vous ferai bien voir que c'est à votre père
Qu'il vous faut obéir, non pas à votre mère.

HENRIETTE

1595   Hélas ! vous flattez là les plus doux de mes vœux ;
Veuillez[463] être obéi, c'est tout ce que je veux.

CHRYSALE

Nous verrons si ma femme à mes désirs rebelle…

CLITANDRE

La voici qui conduit le notaire avec elle.

---

463 Ayez la volonté.

CHRYSALE

Secondez-moi bien tous.

MARTINE

Laissez-moi ; j'aurai soin
1600 De vous encourager, s'il en est de besoin.

Scène 3

PHILAMINTE, BÉLISE, ARMANDE, TRISSOTIN,
LE NOTAIRE, CHRYSALE, CLITANDRE,
HENRIETTE, MARTINE

PHILAMINTE

Vous[464] ne sauriez changer votre style sauvage[465],
Et nous faire un contrat qui soit en beau langage ?

LE NOTAIRE

Notre style[466] est très bon, et je serais un sot,
Madame, de vouloir y changer un seul mot.

BÉLISE   [84]
1605 Ah ! quelle barbarie au milieu de la France !
Mais au moins en faveur, Monsieur, de la science,
Veuillez, au lieu d'écus, de livres et de francs,
Nous exprimer la dot en mines et talents,
Et dater par les mots d'*ides* et de *calendes*[467].

---

464 Elle s'adresse au notaire.
465 Philaminte pense aux mots et aux tournures archaïques et techniques qui
déparent le *style*, le langage des notaires, la manière d'écrire leurs actes.
466 À la différence de Philaminte, le notaire entend sans doute le mot *style*
au sens des manières de faire des procédures.
467 Au style des notaires, la sotte Bélise veut substituer un pédantisme
archaïque et stupide qui mélangerait la monnaie grecque (*mines* et *talents*)
et le calendrier romain (*ides* et *calendes*).

LE NOTAIRE

1610 Moi ? Si j'allais, Madame, accorder vos demandes,
Je me ferais siffler de tous mes compagnons.

PHILAMINTE

De cette barbarie en vain nous nous plaignons.
Allons, Monsieur, prenez la table pour écrire.
Ah[468] ! ah ! Cette impudente ose encor se produire ?
1615 Pourquoi donc, s'il vous[469] plaît, la ramener chez moi ?

CHRYSALE

Tantôt avec loisir on vous dira pourquoi.
Nous avons maintenant autre chose à conclure.

LE NOTAIRE

Procédons au contrat. Où donc est la future ?

PHILAMINTE

Celle que je marie est la cadette.

LE NOTAIRE

                    Bon.

CHRYSALE

1620 Oui. La voilà[470], Monsieur, Henriette est son nom.

LE NOTAIRE

Fort bien. Et le futur ?

PHILAMINTE

                    L'époux que je lui donne,

---

468 Philaminte aperçoit Martine.
469 Elle s'adresse à Chrysale.
470 Il montre Henriette.

Est Monsieur[471].

CHRYSALE

Et celui, moi, qu'en propre personne
Je prétends qu'elle épouse, est Monsieur[472].

LE NOTAIRE

Deux époux !
C'est trop pour la coutume.

PHILAMINTE   [85]

Où vous arrêtez-vous ?
1625   Mettez, mettez, Monsieur, Trissotin pour mon gendre.

CHRYSALE

Pour mon gendre, mettez, mettez, Monsieur, Clitandre.

LE NOTAIRE

Mettez-vous donc d'accord, et d'un jugement mûr
Voyez à convenir entre vous du futur.

PHILAMINTE

Suivez, suivez, Monsieur, le choix où je m'arrête.

CHRYSALE

1630   Faites, faites, Monsieur, les choses à ma tête.

LE NOTAIRE

Dites-moi donc à qui j'obéirai des deux ?

---

471 Elle montre Trissotin.
472 Il montre Clitandre.

PHILAMINTE

Quoi donc ? vous[473] combattez les choses que je veux ?

CHRYSALE

Je ne saurais souffrir qu'on ne cherche[474] ma fille
Que pour l'amour du bien qu'on voit dans ma
                                                    [famille.

PHILAMINTE

1635   Vraiment à votre bien on songe bien ici,
Et c'est là pour un sage, un fort digne souci !

CHRYSALE

Enfin pour son époux j'ai fait choix de Clitandre.

PHILAMINTE

Et moi, pour son époux, voici[475] qui je veux prendre.
Mon choix sera suivi, c'est un point résolu.

CHRYSALE

1640   Ouais. Vous le prenez là d'un ton bien absolu ?

MARTINE

Ce n'est point à la femme à prescrire ; et je sommes
Pour céder le dessus en toute chose aux hommes.

CHRYSALE

C'est bien dit.

---

473 Elle s'adresse à Chrysale.
474 Recherche (en mariage).
475 Elle montre Trissotin.

MARTINE   [86]
Mon congé cent fois me fût-il hoc[476],
La poule ne doit point chanter devant[477] le coq.

CHRYSALE
1645   Sans doute[478].

MARTINE
Et nous voyons que d'un homme on
[se gausse,
Quand sa femme chez lui porte le haut-de-chausse[479].

CHRYSALE
Il est vrai.

MARTINE
Si j'avais un mari, je le dis,
Je voudrais qu'il se fît le maître du logis.
Je ne l'aimerais point, s'il faisait le jocrisse[480].
1650   Et si je contestais contre lui par caprice[481],
Si je parlais trop haut, je trouverais fort bon
Qu'avec quelques soufflets il rabaissât mon ton.

---

476 *Être hoc* : être assuré, comme une levée au jeu avec certaines cartes (le
      hoc est une sorte de jeu de cartes).
477 « En présence de », ou « avant ».
478 Assurément.
479 Le *haut-de-chausses* étant la culotte masculine, on dit figurément et
      proverbialement « qu'une femme porte le haut-de-chausses, pour dire
      qu'elle est plus maîtresse que son mari » (*Dictionnaire* de l'Académie).
480 Furetière : « terme injurieux et populaire, qui se dit en cette phrase
      proverbiale : "C'est un *jocrisse* qui mène les poules pisser", en se moquant
      d'un homme qui s'amuse aux menus soins du ménage, qui est faible et
      avare » – bref, essentiellement un homme peu viril.
481 Si j'avais la pensée folle (*caprice*) de contester contre lui.

CHRYSALE

C'est parler comme il faut.

MARTINE

Monsieur est raisonnable
De vouloir pour sa fille un mari convenable.

CHRYSALE

1655   Oui.

MARTINE

Par quelle raison, jeune et bien fait qu'il est,
Lui refuser Clitandre ? Et pourquoi, s'il vous plaît,
Lui bailler un savant, qui sans cesse épilogue[482] ?
Il lui faut un mari, non pas un pédagogue ;
Et ne voulant savoir le grais[483], ni le latin,
1660   Elle n'a pas besoin de Monsieur Trissotin.

CHRYSALE

Fort bien.

PHILAMINTE

Il faut souffrir[484] qu'elle jase à son aise.

MARTINE   [87]

Les savants ne sont bons que pour prêcher en chaise[485] ;
Et pour mon mari, moi, mille fois je l'ai dit,

---

482 *Épiloguer* : émettre des critiques.
483 Pour *le grec*, bien sûr, car la consonne finale de *grec* ne se prononçait pas
     alors.
484 Supporter.
485 En chaire. La distinction recommandée par Vaugelas de distinguer *chaise*
     et *chaire* était-elle tout à fait passée dans l'usage ? On en discute. En tout
     cas, la servante ne la fait pas.

Je ne voudrais jamais prendre un homme d'esprit.
1665 L'esprit n'est point du tout ce qu'il faut en ménage ;
Les livres cadrent mal avec le mariage ;
Et je veux, si jamais on engage ma foi,
Un mari qui n'ait point d'autre livre que moi ;
Qui ne sache A ne[486] B, n'en déplaise à Madame,
1670 Et ne soit en un mot docteur que pour sa femme.

PHILAMINTE

Est-ce fait[487] ? et sans trouble ai-je assez écouté
Votre digne interprète ?

CHRYSALE
Elle a dit vérité.

PHILAMINTE

Et moi, pour trancher court toute cette dispute,
Il faut qu'absolument[488] mon désir s'exécute.
1675 Henriette et Monsieur[489] seront joints de ce pas[490] ;
Je l'ai dit, je le veux, ne me répliquez pas.
Et si votre parole à Clitandre est donnée,
Offrez-lui le parti d'épouser son aînée.

CHRYSALE

Voilà dans cette affaire un accommodement.
1680 Voyez[491], y donnez-vous votre consentement ?

---

486 *Ne* pour *ni* : autre archaïsme.
487 Elle s'adresse à Chrysale.
488 *Absolument* : résolument, malgré les obstacles.
489 Elle montre Trissotin.
490 *De ce pas* : tout de suite.
491 Il s'adresse à Clitandre et à Henriette, qui se tournent vers lui et
    s'exclament tous deux aussitôt.

HENRIETTE
Eh ! mon père !

CLITANDRE
Eh ! Monsieur !

BÉLISE
On pourrait bien
[lui faire
Des propositions qui pourraient mieux lui plaire.
Mais nous établissons une espèce d'amour
Qui doit être épuré comme l'astre du jour.
1685 La substance qui pense y peut être reçue,   [88]
Mais nous en bannissons la substance étendue[492].

Scène DERNIÈRE
ARISTE, CHRYSALE, PHILAMINTE, BÉLISE,
HENRIETTE, ARMANDE, TRISSOTIN,
LE NOTAIRE, CLITANDRE, MARTINE

ARISTE
J'ai regret de troubler un mystère joyeux[493]
Par le chagrin[494] qu'il faut que j'apporte en ces lieux.
Ces deux lettres me font porteur de deux nouvelles,

---

492 La *substance qui pense* est l'esprit, la *substance étendue* le corps. Où l'on retrouve la doctrine de l'amour épuré commune aux trois femmes savantes.

493 La famille est réunie, en une sorte de cérémonie, pour un mariage, dont l'Église fait un sacrement ; ces faits doivent entraîner l'emploi de *mystère*. Autrement, on ne voit pas en quoi la signature d'un contrat de mariage serait un secret (autre sens de *mystère*). *Mystères joyeux* désigne de tout autres réalités dans le Rosaire (récitation du chapelet) : léger télescopage dans l'emploi de l'expression par Ariste.

494 La douleur.

1690   Dont j'ai senti pour vous les atteintes cruelles :
       L'une pour vous, me vient de votre procureur ;
       L'autre pour vous, me vient de Lyon[495].

PHILAMINTE

Quel malheur,
Digne de nous troubler, pourrait-on nous écrire ?

ARISTE

Cette lettre en contient un que vous pouvez lire.

PHILAMINTE

*Madame, j'ai prié Monsieur votre frère de vous
rendre[496] cette lettre, qui vous dira ce que je n'ai
osé vous aller dire. La grande négligence que vous
avez pour vos affaires a été cause que le clerc de
votre rapporteur[497] ne m'a point averti, et vous
avez perdu absolument votre procès que vous deviez
gagner.*

CHRYSALE

1695   Votre[498] procès perdu !

PHILAMINTE   [89]

Vous vous troublez beaucoup !
Mon cœur n'est point du tout ébranlé de ce coup.
Faites, faites paraître une âme moins commune,
À braver[499] comme moi les traits de la Fortune.

---

495 La première lettre est remise à Philaminte, la seconde à Chrysale.
496 *Rendre* : remettre, donner à qui de droit.
497 Le *rapporteur* et celui des juges qui expose l'état de l'affaire qui va être
     jugée.
498 À Philaminte.
499 En bravant.

> *Le peu de soin que vous avez vous coûte quarante*
> *mille écus, et c'est à payer cette somme, avec les dé-*
> *pens*[500]*, que vous êtes condamnée par arrêt de la cour.*

Condamnée! Ah! ce mot est choquant, et n'est fait
1700   Que pour les criminels.

ARISTE

                Il a tort en effet,
Et vous vous êtes là justement récriée.
Il devait avoir mis que vous êtes priée
Par arrêt de la cour, de payer au plus tôt
Quarante mille écus, et les dépens qu'il faut.

PHILAMINTE

Voyons l'autre.

CHRYSALE *lit.*

> *Monsieur, l'amitié qui me lie à Monsieur votre*
> *frère me fait prendre intérêt à tout ce qui vous*
> *touche. Je sais que vous avez mis votre bien entre*
> *les mains d'Argante et de Damon, et je vous donne*
> *avis qu'en même jour ils ont fait tous deux ban-*
> *queroute.*

1705   Ô Ciel! tout à la fois perdre ainsi tout mon bien!

PHILAMINTE

Ah! quel honteux transport[501]! Fi! tout cela n'est
                             [rien!
Il n'est pour le vrai sage aucun revers funeste,

---

500 *Dépens* : frais.
501 Le *transport* est la manifestation d'une passion, ici de la douleur de cette
    perte.

Et perdant toute chose, à soi-même il se reste.
Achevons notre affaire, et quittez votre ennui[502] ;
Son[503] bien nous peut suffire et pour nous, et pour lui.

                    TRISSOTIN   [H] [90]
Non, Madame, cessez de presser cette affaire.
Je vois qu'à cet hymen tout le monde est contraire,
1710 Et mon dessein n'est point de contraindre les gens.

                    PHILAMINTE
Cette réflexion vous vient en peu de temps !
1715 Elle suit de bien près, Monsieur, notre disgrâce.

                    TRISSOTIN
De tant de résistance à la fin je me lasse.
J'aime mieux renoncer à tout cet embarras,
Et ne veux point d'un cœur qui ne se donne pas.

                    PHILAMINTE
Je vois, je vois de vous, non pas pour votre gloire,
1720 Ce que jusques ici j'ai refusé de croire.

                    TRISSOTIN
Vous pouvez voir de moi tout ce que vous voudrez,
Et je regarde peu comment vous le prendrez.
Mais je ne suis point homme à souffrir l'infamie
Des refus offensants qu'il faut qu'ici j'essuie ;
1725 Je vaux bien que de moi l'on fasse plus de cas,
Et je baise les mains[504] à qui ne me veut pas.

---

502 Votre tourment, votre désespoir.
503 Le bien de Trissotin, qu'elle montre.
504 *Baiser les mains*, c'est tirer sa révérence et, par ironie, refuser.

PHILAMINTE

Qu'il a bien découvert son âme mercenaire !
Et que peu philosophe est ce qu'il vient de faire !

CLITANDRE

Je ne me vante point de l'être ; mais enfin
1730   Je m'attache, Madame, à tout votre destin,
Et j'ose vous offrir, avecque ma personne,
Ce qu'on sait que de bien la fortune me donne.

PHILAMINTE

Vous me charmez[505], Monsieur, par ce trait généreux,
Et je veux couronner vos désirs amoureux.
1735   Oui, j'accorde Henriette à l'ardeur empressée…

HENRIETTE

Non, ma mère, je change à présent de pensée.
Souffrez que je résiste à votre volonté.   [91]

CLITANDRE

Quoi, vous vous opposez à ma félicité ?
Et lorsqu'à mon amour je vois chacun se rendre…

HENRIETTE

1740   Je sais le peu de bien que vous avez, Clitandre,
Et je vous ai toujours souhaité pour époux,
Lorsqu'en satisfaisant à mes vœux les plus doux,
J'ai vu que mon hymen ajustait vos affaires.
Mais lorsque nous avons les destins si contraires[506],
1745   Je vous chéris assez dans cette extrémité,
Pour ne vous charger point de notre adversité.

---

505 Habituel sens fort.
506 Lorsque le destin nous est si opposé, si hostile (*contraire*).

CLITANDRE

Tout destin avec vous me peut être agréable ;
Tout destin me serait sans vous insupportable.

HENRIETTE

L'amour dans son transport parle toujours ainsi.
1750   Des retours[507] importuns évitons le souci.
Rien n'use tant l'ardeur de ce nœud qui nous lie,
Que les fâcheux besoins des choses de la vie ;
Et l'on en vient souvent à s'accuser tous deux,
De tous les noirs chagrins qui suivent de tels feux.

ARISTE

1755   N'est-ce que le motif que nous venons d'entendre
Qui vous[508] fait résister à l'hymen de Clitandre ?

HENRIETTE

Sans cela, vous verriez tout mon cœur y courir ;
Et je ne fuis sa main que pour le trop chérir.

ARISTE

Laissez-vous donc lier par des chaînes si belles.
1760   Je ne vous ai porté que de fausses nouvelles ;
Et c'est un stratagème, un surprenant[509] secours,
Que j'ai voulu tenter pour servir vos amours,
Pour détromper ma sœur[510], et lui faire connaître   [92]
Ce que son philosophe à l'essai[511] pouvait être.

---

507 *Retour* : revirement.
508 Il s'adresse à Henriette.
509 *Surprenant* : qui cause un vif saisissement.
510 Manière affectueuse de parler, car Philaminte n'est que la belle-sœur
    d'Ariste.
511 À l'épreuve.

CHRYSALE

1765   Le Ciel en soit loué !

PHILAMINTE

                    J'en a la joie au cœur,
Par le chagrin qu'aura ce lâche déserteur.
Voilà le châtiment de sa basse avarice,
De voir qu'avec éclat cet hymen s'accomplisse.

CHRYSALE[512]

Je le savais bien, moi, que vous l'épouseriez.

ARMANDE[513]

1770   Ainsi donc à leurs vœux vous me sacrifiez[514] ?

PHILAMINTE

Ce ne sera point vous que je leur sacrifie,
Et vous avez l'appui de la philosophie[515],
Pour voir d'un œil content couronner leur ardeur.

BÉLISE

Qu'il prenne garde au moins que je suis dans son
                                        [cœur !
1775   Par un prompt désespoir souvent on se marie,
Qu'on[516] s'en repent après tout le temps de sa vie.

---

512 À Clitandre.
513 À Philaminte.
514 Diérèse significative.
515 On peut comprendre de deux manières : ce n'est pas vous que je sacrifie,
     mais moi et mes projets, et nos projets communs, de resserrer nos liens
     avec notre héros d'esprit ; ou – plus probablement à mes yeux – : je ne
     vous sacrifie pas à eux, puisque vous aurez l'appui de la philosophie
     pour vous consoler de cet échec sentimental.
516 Si bien qu'on.

CHRYSALE

Allons, Monsieur[517], suivez l'ordre que j'ai prescrit,
Et faites le contrat ainsi que je l'ai dit.

FIN

---

517 Au notaire.

INDEX NOMINUM[1]

---

1   Les critiques contemporains sont distingués par le bas-de-casse.

INDEX DES PIÈCES DE THÉÂTRE

TABLE DES MATIÈRES

LES FEMMES SAVANTES

IMPRIM'VERT®

Achevé d'imprimer par Corlet,
Condé-en-Normandie (Calvados),
en Mai 2023
N° d'impression : 180867 - dépôt légal : Mai 2023
Imprimé en France